Hojas rojas

Hojas rojas

Can Xue

Traducción y notas de Belén Cuadra Mora

ÍNDICE

LOS FORASTEROS

Con la madrugada, las temperaturas descendían. Juhua se encogió bajo el edredón, convencida de que el viento se colaba dentro. Envolvió su pequeño cuerpo, arropándolo, y acurrucó la cabeza en el centro de la colcha. En la cocina, alguien vertía agua de un recipiente a otro. El ruido que hacía le erizaba la piel.

¡Ay, ese viento! Empujaba la puerta silbando, y a Juhua le pareció un niño que llorara queriendo entrar. ¿Cuánto frío hacía fuera? Seguro que se había formado una gruesa capa de hielo. El día anterior, mientras cruzaba el patio, reparó en que la acequia de las aguas sucias se había helado. La acequia solía ofrecer un aspecto terrible y, encima, apestaba, pero congelada era bonita, como una beldad negra y adusta. En estas cosas pensaba Juhua cuando el frío arreció y sintió un témpano de hielo en el centro del pecho.

¿Quién era ese que la llamaba —¡Juhua!, ¡Juhua!— en la cocina?

La llamada se repetía una y otra vez, y Juhua contestaba, una y otra vez, pero el edredón ahogaba su voz e impedía que saliera. Al fin, Juhua saltó de la cama. A tientas, se vistió, se calzó y se le ocurrió encender una lámpara, pero las cerillas sobre el alféizar se habían humedecido, por culpa tal vez de la nieve que había entrado empujada por el viento. Juhua oyó a sus padres dormir profundamente, como hacían siempre que nevaba. ¿Quién había en la cocina? Nadie. Solo el brillo del agua congelada en el sumidero la miraba siniestro. Dirigió la vista a través del cristal. Fuera resplandecía. Un blanco grisáceo que levantaba el ánimo irradiaba en el cielo. El viento había amainado.

Empujó la puerta de la cocina y salió a la parte trasera de la casa. Se había formado una gruesa capa de nieve y las botas se le hundían hasta la mitad. Cada paso le exigía un gran esfuerzo, por lo que decidió quedarse donde estaba, en mitad del patio. En este instante, un ulular de aves recorrió el aire. Eran cinco, de un blanco grisáceo como el del cielo, aunque ligeramente más oscuro, y es que el cielo estaba inusitadamente claro. Llevaban todo ese rato dibujando círculos sobre su cabeza, ora más arriba, ora más abajo, como si los atrajera algo o como si, al mismo tiempo, no supieran dónde aterrizar. Juhua nunca había oído lamentos como aquellos.

El frío era intenso. Las ramas congeladas de los sauces emitían destellos de resentimiento. A Juhua le asaltó la curiosidad y se preguntó si, de quedarse más tiempo allí en el patio, acabaría, ella también, congelándose. Regresó, cautelosa, y vio desde el escalón del umbral un ave que se posaba en el suelo, justo delante de ella. Juhua se agachó e intentó agarrarla, pero el ave se escapó. Después de un segundo intento, logró atraparla, pero entonces vio que lo que había asido no era un ave, sino un puñado de nieve. Con las manos llenas de nieve, permaneció allí un instante. No puede ser un sueño, pensó. Levantó de nuevo la vista y vio que las otras cuatro aves de nieve se habían detenido cerca. Las observó con curiosidad. No eran de un blanco grisáceo, sino de un plata que destacaba, claro, entre las sombras de la tapia del patio.

—¡Juhua!, ¡Juhua! —volvió a oír la voz extraña en la cocina.

Y el sonido del agua corriendo, cayendo sobre los cuencos. ¡Hacía tanto frío!

Oteó a lo lejos, por encima de la tapia, en dirección al río. Su agua también brillaba, fundiéndose con el resplandor del cielo, de manera que no era posible distinguir dónde acababa el río y dónde empezaba el cielo. Tal vez el río también se hubiera congelado. Todo, salvo la voz de la cocina que de tanto en tanto la llamaba, estaba en silencio. Juhua comenzó a hacer aspavientos, saltando sobre el escalón, armando un escándalo, con el objetivo de ahuyentar a las aves. Sin embargo, estas no se inmutaron.

Juhua se resistía a entrar de nuevo en la casa. Al posar la mirada en el río se acordó de cuando lo cruzaba con su hermano, del hielo resbaladizo y de cómo ambos jugaban, deslizándose de un lado a otro. Luego, su hermano se coló por un agujero. Ella lo vio. No fue un descuido. Aquel día también reinaba el silencio y el cielo fulguraba cegador. Lo recuerda perfectamente.

—Madruga muchísimo. Esta niña anda siempre preocupada.

Era su padre el que hablaba. Juhua sintió que la nariz se le entumecía a causa del frío y regresó a la cocina. Qué extraño. Su padre no estaba en la cocina, sino roncando en el dormitorio, profundamente dormido. ¿Quién hablaba imitándolo? Pensó que se trataba de una broma y no pudo evitar sonreír.

Quien sí se había levantado era su madre, que ponía agua a hervir en la cocina para preparar la comida.

Juhua se quitó las botas y se puso a ayudarla. Entró en calor al instante.

—Mamá, esta noche había alguien trasteando en la cocina —dijo.

—Que trasteen. Fue la casa de tu abuelo.

Juhua observó las llamas mientras un desasosiego le oprimía el pecho.

* * *

La mañana era clara y sus padres fueron al río a visitar a unos parientes. Metida en casa, Juhua se aburría. Cuando se cansó de contemplar la blanca nieve que todo lo cubría, agarró unos cuantos bordados y los examinó durante un rato. Al cabo, los guardó de nuevo y suspiró. Una idea le rondaba la cabeza: ir a ver las tumbas. En circunstancias normales odiaba ir a ese tipo de sitio. Cada año, cuando llegaba la Festividad de la Claridad Pura[1] y sus padres iban al cementerio, ella se escondía. Le aterraba. Ahora, con catorce años cumplidos, le había perdido el miedo a ese tipo de cosas. Pese a todo, por algún motivo, no había ido nunca a aquel lugar.

Echó a andar y cruzó dos aldeas. Para llegar al cementerio había que continuar por un camino de unos tres *li* de distancia que partía de la tercera. Esta última, conocida como la «Aldea de los Mosquitos», recordaba a Juhua el zumbido de estos insectos en verano. La aldea estaba desierta, sus puertas cerradas. Ni siquiera se veían perros. Todas las casas tenían un montón de nieve sobre el escalón del umbral. ¿Es que allí no vivía nadie? ¿O es que todo el mundo estaba escondido en casa y no salía? Juhua oyó jadeos ahogados salir de algunas casas. Eran perros. ¡Debían estar sufriendo mucho!

---

[1] También conocida como la Festividad del Barrido de Tumbas, se celebra el primer día del quinto periodo solar para honrar a los antepasados. (*N. de la T.*)

Con la cara negra y apariencia de gato montés, un niño pescaba en una charca, al final de la aldea. Sobre la charca se había formado una gruesa capa de hielo.

—¿Dónde vas? —preguntó con violencia, cejudo.

—Voy al cementerio.

—Vas a morir. Si entras, no volverás a salir. Te morirás congelada.

—Tonterías. ¡Cómo va a ser eso!

—El verano pasado, Qibao entró solo y no salió. Tienen que ir al menos tres personas juntas. Así, si se encuentran con algo, podrán contarlo.

—¿Algo como un muerto viviente?

—¡Qué va! Nada de eso. Entonces, ¿irás o no?

Su expresión se animó, como si temiera que Juhua desistiera de su plan inicial.

Así, Juhua se adentró en aquel lugar de blanco infinito. Al principio todavía oía los gemidos lejanos de los perros. Luego ya no oyó nada.

Cabizbaja, se observaba las botas hollando la nieve. En cierto momento, cuando se giró asustada para mirar a sus espaldas, descubrió que no había dejado huella alguna. Se detuvo, dubitativa. Pensó en volver a la Aldea de los Mosquitos, pero ya no la veía ni recordaba dónde estaba. Por suerte, había parado de nevar y el cielo estaba claro. Distinguió las tumbas a lo lejos, como bollos de maíz blanquecinos. Con los años, el cementerio se había convertido en un espacio infinito. ¿Cómo era posible que allí estuviera enterrada tanta gente? ¿Acaso también los forasteros elegían aquel lugar para su descanso? Juhua recordó las palabras del niño; temió entrar y quedarse dentro. Temió también morir congelada. Pensó que el niño la había empujado a llegar hasta allí. ¡Ay, maldito demonio!

Al cabo llegó y se vio rodeada de tumbas idénticas. ¿Cuál de ellas sería la de su hermano? La idea le cruzó la cabeza como un fogonazo, aunque no se detuvo a meditarla. A su alrededor, todo era silencio. Ansiaba oír algún ruido, pero no lo había.

De repente, junto a la lápida enorme que había a su derecha, vio un animalillo agazapado. Era de un rojo apagado y tenía la piel finísima, casi transparente. Sus delgadas patas sostenían tambaleantes un cuerpo demasiado grande. Con la cabeza arrugada, parecía un viejo enano. El miedo abandonó a Juhua, totalmente atraída por aquel ser. ¿Qué tipo de animal era, sin una casa a la que volver? ¿Era un ratón o una rana? Quizás sí tuviera una casa. Tal vez viviese en alguna tumba y hubiera salido a dar un paseo y a tomar el aire, sin más.

Juhua se armó de valor y lo acarició. Su piel era cálida como el satén. Impasible, el ser la observaba fijamente por entre unos párpados entrecerrados. Por algún motivo que no supo identificar, la mirada del animalillo le recordó a su padre. ¡Era tan taciturno! Aquel verano se empeñó en dormir sentado en mitad del patio para que los mosquitos le picaran. Incluso pidió a Juhua que retirara el incienso antimosquitos. Luego, de madrugada, Juhua lo oyó entonar canciones militares.

Tal vez fuera un ratón. Sin embargo, ¿por qué no tenía cola? Los roedores eran de los animales que más le gustaban a Juhua. En cierta ocasión llegó a soñar que habitaba la casa más vieja de la aldea, plagada, tanto dentro como en sus alrededores, de ratoneras y ratones, siempre atareados. Juhua esperaba expectante a que emitiera algún sonido, pero no lo hizo. Parecía muerto de frío. Mejor haría regresando a su guarida.

Juhua también sintió frío. Tenía que moverse y entrar en calor. En esto pensaba cuando vio una bifurcación que salía de entre las tumbas y llegaba a un claro. Juhua corrió unos pasos, se giró un momento para mirar de nuevo a aquel ser enano y, a continuación, se alejó, con cierto vacío en el pecho. El horizonte se iluminó tanto que Juhua tuvo que entrecerrar los ojos, ligeramente incómoda. Se detuvo, se dio la vuelta y decidió correr de regreso a la tumba en la que había visto a aquella cosa. Corrió y corrió, pero no la encontró. Parecía haber llegado hasta la bifurcación, pero no veía ni el cementerio ni la Aldea de los Mosquitos. Comenzó a preocuparse. ¿Qué sitio era aquel? Si la memoria no le fallaba, debía estar en la zona de las charcas y, siguiendo un poco más, debían estar los montes. Tal vez el hielo hubiera tapado las charcas, pero ¿y los montes? Aquel solo era un lugar vacío, el más grande que Juhua hubiera visto nunca, mayor incluso que el cementerio en el que acababa de estar. La palabra «llanura» no existía en su cabeza. El cielo resplandecía de una forma inusual, le dolían los ojos y no lograba ver qué había a lo lejos. En este justo instante, frente a ella apareció una hebra de humo verdoso que se elevaba sinuosa.

Corrió en su dirección, pero no lograba darle alcance, pese a verla muy cerca. Corrió durante largo rato, hasta que el perfil de la niña se fue definiendo poco a poco ante sus ojos. La niña, que se parecía bastante a ella, iba vestida de amarillo y estaba quemando dinero de ofrenda.

—¡Hola! ¿Me podrías indicar si hay alguna aldea cerca? —preguntó Juhua.

—¿Quieres decir si hay o no un cementerio? Pues no lo hay.

Concentrada en las llamas, ni siquiera miró a Juhua.

Juhua pensó que se la veía muy segura de sí misma. Si permanecía a su lado, llegaría sin duda a algún lugar habitado, aunque la niña no parecía tener la más mínima intención de marcharse de allí pronto. Juhua se acuclilló y contempló las llamas a su lado. La niña, aparentemente molesta por la presencia de Juhua, se apartó unos pasos para alejarse de ella. Pasado un rato no pudo aguantarse más y dijo a Juhua:

—Si crees que hoy podrás volver a casa, te equivocas.

—Entonces, ¿dónde vives tú?

La niña dejó escapar un gruñido.

—¿Vives con el ratoncito? —insistió Juhua.

—¡¿Cómo lo has adivinado?! ¡¿Eh?!

Miró a Juhua sorprendida, con ojos como platos.

—¡Lo he visto! —contestó Juhua emocionada—. ¡Es riquísimo! ¡Llévame hasta él, anda, llévame! ¿Cómo te llamas?

La niña sacudió el dinero de ofrenda con una vara de bambú. Algunos trozos encendidos salieron volando y aterrizaron en el rostro de Juhua que, dolorida y abrasada, se llevó la manga a la cara y retrocedió.

Juhua percibió un olor nauseabundo. Cuando logró recuperar el equilibrio y miró a su alrededor, la niña se había esfumado. El suelo estaba lleno de papeles quemados, algunos todavía encendidos, aunque la mayoría se había extinguido ya. Volvió a reparar en aquel olor a podrido que parecía salir del dinero de ofrenda. El cielo estaba igual de resplandeciente y ella seguía sin poder ver qué había a lo lejos. «¿Dónde vivirá? ¿Cómo ha podido desaparecer tan rápido, sin dejar rastro alguno?», se preguntó. De repente, se avergonzó de su propia timidez. Se le ocurrió que también ella podía correr por entre la nieve, al igual que aquella otra niña. Si se perdía, tampoco pasaba nada. Siempre hay una solución. ¿Acaso no había estado perdida todo ese tiempo? Dio un gran paso al frente. Al instante, sin embargo, se quedó de piedra. Allí, agazapada, estaba la cosa enana. ¿Sería la misma de hace un momento? Antes de que Juhua pudiera verla claramente, la cosa echó a correr por la nieve. Sus delgadas patas se movían tan rápido que parecían volar. Por supuesto, a Juhua le sería imposible darle alcance, aunque no se había ido demasiado lejos. La vio meterse en una zanja ancha que resultó haber allí.

Juhua se agachó junto al borde y se asomó a su interior. Sobre la nieve del fondo, junto a las huellas de la criatura, había además huellas humanas. De la niña, seguramente. Pero, la zanja no tenía salida, no conectaba con nada. Desde arriba, cabía en un golpe de vista. Apenas tenía longitud y había sido excavada a mano. ¿Dónde se habían metido la niña y el roedor? En mitad de la nada, en tierra salvaje, ¡vivían una niña y un «ratón»!

Aquella idea animó a Juhua. Se apartó de la zanja y avanzó con paso seguro.

Anduvo no se sabe cuánto tiempo, hasta que oscureció y ante ella apareció, tenue, la sombra de una colina. A sus pies debía estar la Aldea de los Mosquitos. ¿Cómo es que parecía tan lejana como el mismo horizonte? Juhua seguía sin ver sus huellas en la nieve. ¡Qué extraño! La niña había dejado sus huellas marcadas. También el «ratón». Estampó lo pies con fuerza contra el suelo, pero no sirvió de nada. En la nieve que atravesaba no aparecía surco alguno. Recordó que ocho años atrás le había sucedido algo similar. Lo había olvidado hasta este mismo instante. Los cuatro, la familia al completo, orillaban el río nevado, camino de la casa de su tía. Juhua se giró por casualidad y vio que ella era la única que no había dejado sus huellas marcadas. Tiró del abrigo de su padre y le preguntó, a lo que este contestó molesto: «Los niños no tienen por qué mirar tanto». Entonces le pareció un asunto muy serio. Se asustó tanto que se echó a temblar, y aún en casa de su tía continuó temblando. Temió incluso haber contraído alguna enfermedad mortal. Pensó que no le quedaba mucho tiempo de vida y que su familia se lo había estado ocultando.

Al anochecer, llegó por fin a la Aldea de los Mosquitos. Allí, para su sorpresa, se encontró con su padre, de pie ante la puerta de algún lugareño, mordisqueando una mazorca de maíz que sostenía entre las manos.

—¡Padre! —se fue hacia él sollozando.

—Menos mal que has vuelto, menos mal —dijo su madre saliendo de la casa.

Regresaron, en silencio los tres. Ninguno dijo nada durante el camino de vuelta.

* * *

Aquella noche, cuando cenaron, fuera estaba oscuro como un pozo.

—Juhua, ¿cómo es que llevas siempre una mariposa en la mejilla derecha? —preguntó la madre.

Juhua se miró delante de la lámpara de aceite. Ella también se había percatado de la mariposa. De color negro, se posó sobre la pantalla de la lámpara. Juhua se acarició la mejilla derecha. Sentía desasosiego.

—No te lo creerás —le dijo a su madre—, pero el sitio ese parece otro mundo.

—Es posible que no me lo crea. Estoy ya mayor —dijo la madre apenada.

Juhua estaba exhausta y cayó rendida enseguida. Al rato, sin embargo, despertó. Tal vez la despertara quienquiera que estuviera en la cocina, trajinando con el agua.

—¡Juhua, Juhua! —la llamaba.

Juhua estaba agotada. Le dolía todo el cuerpo. Pero se espabiló de inmediato.

Quien la llamaba a voces resultó ser el niño de la Aldea de los Mosquitos. Estaba de pie, al otro lado de la puerta de la cocina, con la cara pegada al cristal. Juhua fue a abrirle.

—¡Mira! —el niño señaló al cielo.

Lo surcaban aquellas aves. Dos de ellas que volaban muy bajo cruzaron ante él, rozándole el rostro con sus alas. No pudo contener un «¡ay!».

—¿Te has hecho mucho daño? —le preguntó Juhua.

—Pues claro. Tienen el cuerpo de cobre y las alas de hierro.

—Qué raro. Ayer no eran más que copos de nieve. Agarré una...

—¡Mentira! —la espetó él—. ¿Cómo ibas a poder agarrarlas? ¡Eso es imposible! Estas aves solo salen cuando nieva. Nadie las puede atrapar.

Juhua reparó en que estaba descalzo en la nieve y no pudo evitar sentir admiración. Lo invitó a entrar en la cocina para calentarse junto al fuego. El niño meditó serio durante un momento.

—Venga, vale—, accedió al fin.

Entraron. Juhua acababa de cerrar la puerta cuando oyó que un pájaro la golpeaba con violencia —¡ta, ta, ta!—, sacudiéndola.

—Ves, ya te lo decía yo, están hechas de cobre y hierro.

Juhua prendió la leña del fogón y vio cómo el rostro del niño se volvía cada vez más fino a la luz de las llamas. El corazón le latía con fuerza en el pecho —pum, pum, pum— e intentó sobreponerse. Con la exigua voz de un mosquito, dijo:

—Te pareces mucho a mi hermano. Cuéntame qué ha pasado en la Aldea de los Mosquitos.

—Lo que ha ocurrido en la Aldea de los Mosquitos no se le puede contar a nadie de fuera.

Juhua dejó escapar un suspiro y atizó el fuego para que ardiera con más fuerza. Cuando levantó la vista, una mariposa negra, grande como un murciélago, estaba suspendida en el aire, en el lugar en el que debía estar la cara del niño. Las manos de este, entretanto, escarbaban con brío el suelo y ya habían raspado un montoncito de añicos.

—Pero ¡¿qué estás haciendo?! —gritó ella sorprendida y aterrada.

—Es mi amigo. Ese del cementerio. ¡¿Comprendes?! —lanzó un grito atronador—. Mira qué manos tan afiladas tengo. ¡Es cuestión de práctica!

—¡Ah! —Juhua resollaba quedamente.

—Aquel es nuestro sitio. Cuando nieva, se pone siempre así. Tú lo has visto. Me acuclillo con él en el cementerio. No sabes cuántas ventajas tiene ese lugar. ¿Por qué fuiste? —le chirriaban los dientes.

Se marchó antes de que el fuego se extinguiera. Juhua pensó que la despreciaba, que no quería tener nada que ver con ella. Asomó la cabeza por la puerta y contempló el cielo de blanco plata, el silencio sobre la tierra, las ramas de los sauces que colgaban en silencio, sin queja.

—¡Juhua! ¡Juhua! —la llamó su madre mientras se acercaba—. ¿Quién ha venido? —Pasó la punta del pie por la pequeña hendidura del suelo.

—Uno de la Aldea de los Mosquitos —dijo con voz suave.

—Entiendo. Después de tantos años, sus descendientes siguen sin resignarse.

—¿Quienes?

—Los forasteros. Entonces tú eras todavía pequeña. Tu padre fue a la Aldea de los Mosquitos para hacer algún trabajo, y los conoció... Pero ¿para qué hablar de estas cosas? Son asuntos del pasado. No merece la pena mencionarlos.

Colocó una olla en el fogón para preparar la comida.

—Tengo muchísimo sueño, mamá —dijo Juhua.

—Claro, como que desde que volviste de allí no has dormido en condiciones. Anda, ve a acostarte.

Juhua regresó al cuarto y se acostó, pero fue incapaz de conciliar el sueño. Se sentía intranquila, por lo que se vistió y se calzó para salir. Como en una neblina, oyó la voz de su padre a su espalda:

—Juhua, Juhua, ¿dónde vas?

Tumbó de una patada un pequeño taburete que había junto a la puerta, abierta de par en par, pero no sintió nada. Siguió derecha, cruzó el patio y llegó al camino. Lo cierto es que se caía de sueño. ¿Por qué no había podido dormir en casa? Apoyada en el sauce, dio una cabezada. Durante su sueño, de apenas dos o tres minutos, vio una gran bandada de aves plateadas que se precipitaban una tras otra. El suelo quedó cubierto de pájaros muertos. A continuación, de entre las montañas de cadáveres, asomó aquel «ratón». Despertó y volvió al patio de casa en el mismo instante en que su madre le decía a su padre:

—Son los forasteros esos...

—Juhua, ¿has entrado ya en calor? —le preguntó su padre con gesto serio.

—Tengo mucho sueño. Hay demasiada claridad, no puedo dormir... —dijo, vagamente.

—¿Ves bien, Juhua? Yo lo veo todo negro, si hasta ha salido la luna. No hay claridad ninguna. ¿Qué buscas aquí en casa?

—Busco al ratón. Quiero acostarme encima de esta mesa y dormir.

Cerró los ojos, pero el sueño le fue esquivo. Se sentía abatida y agitada al mismo tiempo. En mitad de la bruma, oyó a su madre llamarla desde la cocina.

—¡Juhua, Juhua! ¡Está aquí!

Juhua se levantó de un salto y fue a la cocina a toda prisa.

—¿Dónde?, ¿dónde? —preguntó.

Su madre pasó la punta del pie por una nueva hendidura excavada en el suelo.

—Se ha ido corriendo —dijo la madre apenada—, ¡como una bala! A estos animales les vienen muy bien los días de nieve. Se meten en ella y en menos de un minuto desaparecen sin que se les pueda seguir la pista.

—¿Era uno de esos con las patas muy delgadas? —preguntó Juhua.

—Así es. Son las mascotas de los forasteros. Se comen los cadáveres hasta no dejar más que los huesos.

—¿Por qué sigue habiendo tanta claridad ahí fuera? Parece... —Juhua bostezó.

—¡Parece un espejo! —la madre, animada, acabó la frase—. Ha vuelto a nevar hace un rato. El niño ese de la Aldea de los Mosquitos ha estado merodeando alrededor de la casa. De tanto en tanto, se agachaba para esconder no sé qué cosa en la nieve. Miraba la casa fijamente. Seguro que es uno de los niños de esos forasteros.

—¿Y qué pasa si es un niño de los forasteros?

—Ay, Juhua, Juhua... ¿Por qué no me haces caso? ¡Eso no está bien!

—¿Y qué pasa si es un niño de los forasteros? —repitió Juhua, obstinada.

—Los forasteros no tienen casa. Se pasan las noches deambulando por los campos.

—Ya veo, mamá. Igual que los roedores, ¿no es eso?

—Qué lista eres, Juhua.

—Tengo muchísimo sueño.

Al fin, Juhua se durmió.

* * *

Y en su sueño, acudía a llamarla muchísima gente. Ella oía sus voces, pero cuando intentaba contestar, la voz no le salía del cuerpo. Su padre la llamó para desayunar. Su madre para cenar. El niño de la Aldea de los Mosquitos fue a buscarla para que lo acompañara a pescar. Su amiga Xiao Wan acudió a pedirle prestados hilos para bordar.

Corría de acá para allá, por esas aldeas con las que solía soñar. Aunque sabía que aquellas aldeas no existían, aparecían nada más dormirse. Estaban cubiertas de nieve y sus enormes sauces tenían las ramas heladas. Oscurecía y no se veía a nadie por ningún lado. Sus pasos eran ligeros, tanto que se le hacían extraños. En cierto momento se detuvo, alargó la mano para alcanzar la rama de un sauce y una idea le cruzó la mente: «Está a punto de hacerse de noche». La rama, como un témpano, hizo que su cuerpo entero se estremeciera y la soltó al instante. Bajo el árbol se afanó para hacer un hueco en la nieve, hasta que ante ella apareció un pedazo de tierra mojada. Estaba dejando una marca, con la intención de volver al día siguiente. Despertó por la mañana, y se despabiló de inmediato al olor de la leña. Ante ella vio el rostro de su madre, que la contemplaba con una suave sonrisa.

—Ayer, tu padre y yo fuimos a esa casa.

—¿A qué casa?

—Pues a la de la Aldea de los Mosquitos. Le dijeron a tu padre que la aldea al completo tuvo que mudarse a otro sitio porque descubriste su secreto. Así que solo queda esa casa. ¿Cómo lograste colarte en un lugar así?

—¿Papa y tú sabíais que existía?

—Claro que sí. Hace muchos años, tu padre estuvo haciendo unos trabajos para ellos. A veces no regresaba a dormir y acompañaba a los de la Aldea de los Mosquitos hasta allí. Sin embargo, siempre se acobardaba en mitad del camino. Aún hoy, después de tantos años, se arrepiente. Se avergüenza.

—Entonces, ¿se han marchado todos, salvo los de esa casa?

—Ahora, los de esa casa también se han ido. Aunque, claro, allí siguen los ratones.

—Oh, padre —suspiró Juhua.

Durante el desayuno, comió cabizbaja sin atreverse a mirar a su padre.

Cuando terminó y levantó la vista, su padre había abandonado ya la mesa.

—Tu padre quiere ir a dar una vuelta solo. Cuando nieva, se agobia encerrado en casa.

—¿Una vuelta por dónde?

—Pues al sitio ese al que has ido tú —replicó su madre con una sonrisa.

Juhua se levantó de un salto, corrió a la habitación a ponerse las botas y salió tras él.

Su padre había llegado ya a las afueras de la aldea y su silueta no era más que una mancha negra.

—¡Padre! ¡Padre! —gritó ella entre lágrimas.

Se detuvo y la esperó en el sitio.

—¿Pero por qué lloras? —preguntó él confuso.

—¿Dónde vas, padre?

—A la Aldea de los Mosquitos.

Su padre se encogió de hombros. Juhua lo acompañó en silencio.

Cuando llegaron a la altura de aquel sauce enorme desde el que se avistaba la Aldea de los Mosquitos, el padre le pregunto de sopetón:

—Juhua, ¿todavía te acuerdas del camino que seguiste aquella vez?

—¿Del camino? No me fijé. Solo anduve, y todo estaba vacío y blanco... Déjame pensar... ¡Sí! ¡El humo! Alguien quemaba dinero de ofrenda.

—Qué buena memoria tienes. Está muy bien que puedas acordarte de algo.

Mientras hablaban, llegaron al patio de una casa, aquella en cuya puerta Juhua encontró a su padre comiendo maíz la vez anterior. En esta ocasión, sin embargo, la puerta y las ventanas estaban cerradas a cal y canto, y no había nadie. Lo extraño era que bajo los aleros del tejado descansaban un par de taburetes.

—Alguien sabía que vendríamos —dijo el padre tomando asiento.

—¿Quién? —Juhua se sentó también.

—No lo sé, pero las cosas en la Aldea de los Mosquitos son siempre así. Basta con poner un pie aquí para que todos tus movimientos sean registrados por la mirada de alguien. Pero, ey, esta vez se ha terminado todo de verdad. Hasta esta familia se ha marchado.

—Pero, papá, has dicho que alguien nos ve. ¿Quién es ese alguien?

El padre no contestó. Escuchaba con atención. Juhua lo imitó, aunque acabó cansándose de aguzar el oído porque todo estaba en silencio y tan solo percibía el monótono sonido del viento.

Juhua se puso en pie con la intención de inspeccionar los alrededores. A la altura de la valla, vio al niño. Corría hacia el sur, dando brincos como una cabra.

—¡Eh...! ¡Hola...! —lo llamó a voces Juhua.

Pero el viento ahogó su voz y el niño no la oyó. Ella miró un momento atrás. Su padre había salido de debajo del alero y se dirigía a la parte trasera de la casa. Juhua lo siguió con un presentimiento aciago en el pecho. Detrás de la casa, vio la caseta de un perro alumbrada por un rayo claro.

La caseta, enorme, acogía en su interior a dos perros viejos. A uno de ellos le faltaba la oreja derecha.

Recostados uno contra otro, contemplaban con terror a aquellas dos personas, entre susurrantes temblores.

—Hace frío —dijo Juhua, sintiéndose a punto de echarse a llorar.

Juhua y su padre se acuclillaron frente a la puerta de la caseta. El viento, que comenzaba a arreciar, la sacudía como si fuera a levantarla del suelo. Un remolino de aire mezclado con copos de nieve los envolvió.

—Padre, vámonos. Vámonos, anda.

Nada más apartarse ellos, la caseta se hundió bajo el peso de la nieve. Los perros, sin embargo, no huyeron ni ladraron. Permanecieron enterrados bajo la nieve. «¿Qué está pasando aquí?», pensó Juhua.

—Vámonos —dijo el padre.

—Refugiémonos bajo el alero, padre. Hace demasiado viento, no se ve nada. Nos va a pasar algo.

Mientras Juhua le suplicaba lastimera, el padre esbozó una sonrisa.

—Juhua, mira que eres miedosa. ¿Qué puede pasarnos?

Se adentraron en el vendaval. Por momentos, la nieve que los torbellinos de viento levantaban y volvían a dejar caer casi los cubría por completo, y Juhua y su padre tenían que sacudírsela como podían para lograr avanzar a trompicones. Juhua tenía el rostro tan congelado que no lo sentía. No veía nada, por lo que dejó de mirar, limitándose a seguir al padre. En su cabeza mareada solo había un pensamiento: «Pese a todo, ese niño es capaz de vivir en mitad de la nada, un día de nieve como este...».

—¡Son forasteros! —ya estaban en casa cuando el padre pronunció estas palabras—. No son iguales que nosotros. Cuando quieren irse, se van; y cuando se quieren quedar, se quedan.

—¿Y los perros? —La mirada de la madre contenía una sombra de terror.

—Seguro que no pasa nada —aseveró el padre.

Juhua recordó la mirada del perro al que le faltaba una oreja y se revolvió inquieta en la silla. Se habían ido todos y habían dejado allí a los perros. Qué crueldad. Alguien le susurró al oído: «Si nos descubres, nos vamos...». Pasmada, miró al padre que, fumando, expulsaba en ese instante una bocanada como una seta de humo blanco que le ocultaba el rostro.

Después de ordenar la cocina, Juhua regresó al dormitorio. La habitación angosta tenía un ventanuco estrecho que daba al patio. Juhua se acercó a ella y no pudo creer lo que vio.

El niño estaba completamente desnudo, sentado sobre un montón de nieve y con la cabeza apoyada en una mano, como si durmiera. Tal vez esté cansado de tanto correr, pensó Juhua.

Un grupo de personas franqueó el portón del patio. Sus rostros eran ligeramente familiares y miraban al cielo resplandeciente con ojos entornados. Juhua los oyó entrar en la casa, dando pasos lentos y pesados que resonaban en el cemento del suelo. Juhua los imaginó como viejos elefantes salidos del bosque.

Desde la puerta, su madre le dijo:

—Los forasteros han venido.

CONFESIONES DE UN SAUCE

UNO

Con cada día que pasa, me agosto. Mis hojas viejas se arrastran y he perdido el interés en echarlas nuevas. Mi corteza seca, resquebrajada, se ha vuelto rojiza. Anteayer amarillearon en mi copa otras cinco hojas. Los gorriones y las urracas me dan ya por muerto; lo sé por la frecuencia con la que sacuden mis ramas. Antes, cuando abundaban en mí las hojas tiernas y los insectos, venían a picotear y a reunirse, saltando de acá para allá en un hervidero estrepitoso. Ahora me han tomado por un mero lugar en el que detenerse a reposar. Cuando se cansan de revolotear, dan una cabezada en mis ramas y, a continuación, emprenden el vuelo y se van. El motivo es que soy incapaz de producir esos brotes tiernos gracias a los cuales subsisten los bichitos. He dejado de ser indispensable.

Con el ocaso llega el momento más difícil, justo antes de que el sol se ponga del todo, cuando el parque está sumido en el silencio y al otro lado de la verja pasa flotando la sombra ocasional de algún viejo labriego. «La Rosaleda». Dos palabras que brillan subrepticias sobre la puerta del parque. Si presto un poco de atención, puedo oír las elegías. Las cantan en el cielo, en los montes, en el riachuelo y bajo el suelo. En todos lados. Y cantan por mí. No me gustan las elegías, pero esa voz masculina y lejana se empeña a diario en no dejarme en paz. Menuda desfachatez. Aun cuando mi destino sea ese, no tiene por qué venir todos lo días a cantármelo. Bien es cierto que tal vez cante para sí, pero sigue siendo una desfachatez. No debería dejar que su canto cruce distancias tan lejanas y vastas. Cuando suena la elegía, no me queda más remedio que aguantarme. La soporto hasta que se hace de noche. Entonces, el hombre calla.

Debo mi actual situación al comportamiento del jardinero. Me plantó, en este lugar que ocupo, la primavera pasada, cuando solo era un arbolillo de un año de vida. Nada más aterrizar aquí reparé en que la tierra de la rosaleda es yerma, prácticamente arena, incapaz de retener el agua de la lluvia ni los fertilizantes. El jardinero se limitó a extender una fina capa de tierra buena y abono. Así, a simple vista, todo se ve cubierto de flores y plantas exuberantes, aunque lo cierto es que no se trata más que de una imagen falsa y volátil. También yo recibí los cuidados del jardinero. Me echó un poco de fertilizante y vino a regarme cada dos días. Albergué la esperanza de salir adelante y establecerme en este lugar. Por entonces, todavía no me asaltaba el dolor por esta existencia de planta, en la que nos está vedado ir de un lugar a otro; tan solo pensaba en secreto que aquella dependencia del jardinero no podía ser buena. Cuando aparecía por la puerta del parque con el cubo de agua, me emocionaba. Las ramas me temblaban y casi no me tenía erguido. Era el agua de la vida. Cuanta más absorbiera, mejor crecería. Aquí llueve solo dos o tres veces al año, por lo que no se puede confiar en el cielo, sino solo en el jardinero. Nosotros, los sauces, dependemos para sobrevivir de los nutrientes que obtenemos del agua. A decir verdad, no me explico por qué el jardinero quiso trasplantarme a esta tierra arenosa. A veces me pregunto incluso si todo esto no será una conspiración suya.

La cara del jardinero carece de expresión. Ninguno de nosotros logramos adivinar qué le pasa por la cabeza. Todos aquí, la hierba, las flores, los arbustos..., lo tienen en la más alta estima. Yo soy el único que duda de sus métodos. Hubo un día, por ejemplo, que levantó de pronto la azada y comenzó a cavar cada vez más hondo hasta que me cortó una raíz de un tajo. Me sacudí de dolor. Al final, sin embargo, se portó bien y volvió a cubrir el hoyo. Le dio unos golpecitos para aplanarlo y se fue a excavar a otro lado. A menudo realiza estas excavaciones inexplicables. No solo me ha hecho daño a mí, otras plantas de la rosaleda también lo han sufrido. Lo extraño es que, por lo que he podido ver, los demás no tienen ninguna queja de él. Más bien al contrario, se sienten orgullosos de sus heridas. Por las noches escucho conversaciones de todo tipo.

Césped

Nunca hemos llegado a saber cómo funciona nuestro sistema interno. Si bien tenemos curiosidad, no hemos logrado obtener información alguna al respecto. Es el jardinero el que satisface esa curiosidad. Aunque pagamos un precio muy alto por relacionarnos con él, lo hacemos de muy buena gana.

Azofaifo

Me gusta cómo mueve el jardinero la azada. A decir verdad, su apariencia me recuerda al abuelo que no conocí. Cada día intento recobrar la imagen de mi abuelo y, siempre, a la hora de la aurora, cuando estoy a punto de recordarla, se me escapa. El jardinero tiene poderes sobrenaturales. Basta con que agite la azada para que me venga la imagen de mi abuelo cargado de fruto sobre un firmamento infinito. Un día, cavando, me seccionó la raíz principal. Fue un momento emocionante. Yo mismo fui al encuentro de la azada, pues la confundí con mi abuelo azofaifo.

AZALEA

Su forma de regar también es preciosa. Tiene ambición, de lo contrario no habría elegido una rosaleda como nuestro hogar.

DIENTE DE LEÓN

Este es un lugar seco. Sueño con cubos de agua todos los días y la pelusa me crece mientras duermo. El jardinero es bueno y honesto. Sus dos grandes cubos de agua me incitan a soñar todo el tiempo. A veces desearía que me sacara de la tierra y me metiera en uno de sus cubos. La gente que pasa comenta que tengo mucha pelusa, que no parezco un diente de león nacido en la arena. Desconocen que esa pelusa se la debo a los cubos.

GLICINIA

¡El jardinero es tan guapo! Pienso en él a diario, aunque no estoy enamorada. Cada vez que me acuerdo de él, mis colores se intensifican y embellezco. Por aquí pasa gente atractiva, pero no he visto a nadie tan perfecto como él. Estoy siempre pensando en cómo llamar su atención, pero ninguno de mis métodos ha surtido efecto. Da igual que esté más fea o más guapa; no se fija en mí.

ACEDERA

Por lo general no nos adaptamos bien a este tipo de suelo tan seco. Sin embargo, por algún motivo que desconozco, desde el momento en que el jardinero nos hizo echar raíces en esta tierra, a todas nos parece que no hay mejor hogar. A veces un suelo empobrecido es bueno para nuestra especie. ¿Que por qué? Solo con recordar esa sensación de morir y renacer de nuevo, nuestro cuerpo recobra las fuerzas para seguir creciendo. Hemos oído que nuestras congéneres que habitan en tierras húmedas no crecen igual de bien que nosotras. La sombra serena del jardinero nos insufla energías, como una *bodhisattva* de la misericordia. Fue él quien debió elegir este hogar para nosotras. Así, cuando oímos rumores acerca de la existencia de una misteriosa fuerza religiosa que construyó nuestro jardín, temblamos de rabia.

También se oyen murmullos confusos, cuya procedencia soy incapaz de discernir, pero que resultan aún más significativos y despiertan en mí todavía más inquietud y curiosidad. Casi se podría decir que estos habitantes ocultos mantienen vivo mi interés por la vida. Incluso ahora, cuando ha pasado ya tanto tiempo desde que el jardinero dejó de regarme y, abatido, me debato entre la vida y la muerte, me basta con oír esos murmullos para que la sombra se disipe en mi interior y se aviven todo tipo de anhelos. No sabría decir de qué voz se trata. Suena sobre todo como una narración, aunque no está dirigida a nadie en particular. Nada más oírla, sin embargo, se distingue en ella un lenguaje ligeramente provocador, igual que el mío.

No me explico por qué decidió el jardinero cortarme el suministro de agua. Mis raíces son todavía superficiales y apenas se han agarrado a la tierra más somera y arenosa. He oído que debajo de la arena existe otra capa más oscura y de mejor calidad, aunque se encuentra en un lugar muy, muy profundo, y diez años no serían suficientes para alcanzarlo. Está claro que el jardinero lo sabe, por lo que me pregunto si su modo de obrar no es tal vez una señal de que ya ha desistido. Si pensaba desistir y abandonarme a mi suerte, ¿por qué decidió trasplantarme en este lugar para empezar? En el vivero vivía despreocupado. Eran tiempos de grandes esperanzas, que todos esperábamos cumplir cuando nos trasplantaran. Fueron muchas las veces que, bajo la tenue luz de las estrellas, veía con claridad mi destino, aunque entonces no sabía que aquel era mi destino, sino tan solo una sombra oscura.

Luego, llegó el jardinero. En total, vino dos veces. Era una persona taciturna, distinta al resto, y llevaba un símbolo negro en la camiseta, aunque yo no acerté a distinguir el dibujo. Me atrajo poderosamente, por lo que en el mismo instante en que posó en mí su mirada, comencé a agitarme como loco. El resto te lo puedes imaginar.

Al igual que los demás, fui trasladado hasta este lugar. Una vez instalado, conservé intactas mis aspiraciones. Esperaba crecer hasta convertirme en uno de esos grandes árboles de leyenda que llegan al cielo y entre cuyas ramas sueñan las estrellas. En mi antiguo vivero había un viejo sauce de estos. Sus ramas y hojas se mecían en el aire, cubriendo el vivero entero. Los trabajadores solían comentar que nunca antes habían visto un árbol de tales dimensiones, por lo que lo llamaban el «árbol rey». En aquellos tiempos yo alzaba la vista, lo contemplaba y planeaba mi futuro siguiendo su ejemplo. Prácticamente decidí que mi futuro sería él. Pero el jardinero echó por tierra todos mis sueños. Primero me plantó en esta tierra yerma, que redujo mi velocidad de crecimiento. Por suerte me regó, y en la época en que tuve agua crecí con relativa rapidez. Probablemente me ayudó el propio deseo de hacerme más grande. He de decir, además, que he puesto especial atención a la velocidad a la que he ido creciendo desde que abandoné el vivero. Al cabo, de pronto, dejó de darme agua sin ofrecerme siquiera un periodo de adaptación.

Todavía recuerdo el sufrimiento de la primera noche. La esperanza que todavía abrigaba convertía cada minuto y cada instante en una verdadera angustia. Creía que se acordaría de mí en mitad de la noche y me compensaría. La sed me dejó en un estado continuo de duermevela. Veía la sombra de alguien acercarse y marcharse de nuevo. Alguien que llevaba una túnica con enormes bolsillos en los que cargaba dos botellas de agua que, con cada movimiento, borboteaban. ¿Era el jardinero? No podría asegurarlo. La segunda noche no fue mucho mejor. El silencio infinito me hacía pensar más aún en el agua y a punto estuve de volverme loco. La luna me hacía temblar de miedo, como si hubiera visto un fantasma. Las plantas del jardín dormían profundamente; yo era el único que permanecía despierto. No sé por qué, pensé que no me podía morir y, aquel pensamiento, me aterró. De pequeño, el árbol rey nos contó la historia de otro árbol capaz de caminar. Con este recuerdo vívido en la mente, intenté mover las raíces de mi lado izquierdo. Perdí el conocimiento al instante. Cuando desperté ya se había hecho de día.

Pasadas aquellas dos noches clave, el desasosiego amainó y, en cierto modo, «asumí mi destino». Cuando digo que lo asumí no me refiero a que cejara en esfuerzos por mejorar mis circunstancias. Sencillamente, dejé de depositar mi esperanza en las bondades del jardinero. Pensé que ya no me honraría con sus dádivas. Pasaba ante mí con el rostro impertérrito y la cabeza baja. Su lenguaje corporal transmitía que ya no creía que tuviera que ayudarme y que debía buscarme la vida, salir adelante por mis propios medios. Pero ¿acaso era posible? Como plantas, nuestro crecimiento depende del agua y bajo este suelo arenoso no la hay. Tampoco podemos obtener la humedad del aire, así que la única vía pasa por la dependencia del riego humano. Por supuesto, también ansiaba convertirme en el árbol andante del cuento. Lo intenté en tres ocasiones, pero en todas y cada una de ellas me di de bruces con un fracaso humillante. No estaba hecho de esa pasta. Así pues, ¿cómo podía luchar para sobrevivir? Cuando pensaba en ello sentía una confusión colosal, como si me dieran continuos golpes con un martillo. Veía con ojos expectantes al jardinero sacar del riachuelo el agua clara con la que regaba a mis agradecidos compañeros, aduladores todos ellos, mientras hasta mis hojas palidecían de miedo. Sin agua estaba abocado a morir. ¿Cómo no iba a estar aterrado?

Fui perdiendo el conocimiento, aguardando la muerte, hasta que, una mañana, me despertó un viejo gorrión. El saberme aún vivo me causó un gran estupor. En el interior de mis ramas no quedaba apenas agua y había perdido la mitad de las hojas. Aquellas que me quedaban estaban amarilleando unas tras otras. Pasaba la mayor parte del tiempo desvanecido, convencido de que el próximo desmayo sería el último. Sin embargo, me equivocaba. No solo desperté, sino que además lo hice con plena lucidez, con los sentidos más avezados que nunca. Aquella clara mañana estival, un gorrión hembra pio posada en mis ramas, llamando a la cría perdida. ¿Acaso existe una imagen más enternecedora? No sé cómo había perdido a su cría, pero aquel canto tiznado de desencanto, tan propio de su especie, me pareció la canción más triste del mundo. Pensé: «¡Ah! ¡Sigo vivo! Solo los vivos pueden experimentar un sentimiento como este». Con esta idea en la cabeza, casi me pareció convertirme en gorrión. Con cada uno de los trinos de la madre, mis ramas sufrían una sacudida, y hasta acerté a ver la imagen del gorrioncillo que se dibujaba en sus pensamientos.

El jardinero reparó en la escena con el gorrión, dio algunas vueltas a mi alrededor y, al rato, se marchó. Sus gestos no daban a entender que se hubiera desentendido de mí. Entonces, ¿estaba esperando algo? ¿Acontecería algún cambio sobre mi ser? Sentí una suerte de esperanza difusa, aunque todavía no sabía de qué se trataba. Animé en silencio al gorrión, que fue a su vez consciente de mi existencia y expulsó el agua amarga de su estómago. Al final, recordó que debía controlarse, dio algunos saltitos por mis ramas y, en un gesto súbito, extendió las alas y echó a volar.

Se marchó por el aire, dejándome un vacío. Vi al jardinero, astuto, esbozar una sonrisa fría.

Una larga brecha se abrió en mi tronco y llegó tan hondo que me alcanzó el mismo centro. Perdería toda el agua; la muerte estaba cerca. A veces, cuando despertaba al rallar el día, me sentía flotar ligero en la bruma. El «yo» ya no existía, y tan solo quedó un puñado de hojas, que, sin ser del todo amarillas, amarilleaban, y sin llegar a ser verdes, verdeaban. Mi mente no era capaz de obtener el agua que necesitaba para funcionar, por lo que apenas persistían en ella algunos fragmentos y rastros extraños. Bajo los rayos cálidos del sol, mi cabeza mareada deliraba: «A la izquierda, a la derecha, gira para entrar en la cueva...». Cuando decía algo, me daba la sensación de que el jardinero, oculto en algún lugar, gesticulaba en mi dirección, aunque no sabía si para alentarme o desanimarme.

Fueron tiempos muy duros, una caída terrible. La rosaleda no era el infierno, pero para mí, abandonado por el jardinero, no era mucho mejor.

DOS

Perdí el conocimiento una vez más. Aquella vez fue de verdad como morir: sin dolor ni conciencia en un instante. La última imagen que registré fue la del jardinero acercándose con un serrucho.

Y, sin embargo, no me taló. Cuando desperté, regado por una abundante lluvia, supe que seguía allí, entre la hierba. Comencé a beber y, tras tanto tiempo sediento, noté que el sabor del agua había cambiado y se había vuelto de un picante que detesto. ¿Cómo era posible? ¡Menudo fastidio, casi era mejor no beber! Pero no pude evitarlo, y bebí maquinalmente aquel caldo picante que se precipitaba desde el cielo. Las raíces marchitas se hincharon al instante y mis hojas reverdecieron. Los compañeros a mi alrededor daban saltos de alegría, emocionados; yo era el único que, como abrasado por el fuego, sentía el dolor de estar vivo prefiriendo la muerte. Si hubiera podido moverme, me habría puesto a rodar por el suelo, pero mi sino era padecer en el sitio, perder el sentido una y otra vez en los límites del sufrimiento para, a continuación, volver a recobrarlo. Oí mis propios desvaríos febriles: «Preferiría... preferiría...».

Por suerte, aquella lluvia no duró mucho. Todavía aquejado de dolor, vi al jardinero a mi lado. Palpó la larga grieta que se había abierto en mi cuerpo y dejó escapar una risa sombría. Aquella risa malvada me conmocionó e indignó tanto que comencé a temblar y a punto estuve de desmayarme de nuevo. Se marchó poco después para inspeccionar el efecto del chaparrón en sus plantas. Todas ellas lo recibían entre vítores, porque la lluvia es una dádiva del cielo, un regalo inesperado. Yo fui el único que reaccionó de forma distinta. Era el único del jardín que no recibía riego. En aquel momento, con las raíces hinchadas y las ramas y hojas saciadas de agua, me asaltaron las náuseas. Así es, además de dolor, sentí náuseas.

El dolor comenzó por fin a disminuir de verdad al caer el día. Es posible, también, que mis raíces, tronco, ramas y hojas se hubieran entumecido. Poco a poco, el sol se ocultaba entre los cerros y el frescor que sigue a la lluvia inundó el aire. De vez en cuando, sombras humanas pasaban como flotando por delante de la puerta del jardín con una bandera roja en la mano. Oí a la hierba de abajo comentar que aquella noche había una celebración en la ladera, y que allí se dirigía toda esa gente. «Porque esta ha sido la primera lluvia del año», dijo la hierba con voz dichosa.

Rodeado de la negrura que se fue imponiendo, creí comprender de veras que nunca llegaría a lograr la tranquilidad y la felicidad que todo el mundo ansía y que, por lo tanto, debía aprender a sentir cierta alegría en mitad de la sed, la ansiedad y el dolor. Aquella alegría sería como la risa sombría del jardinero. Cuando aprendiera a reír de aquella forma se abrirían ante mí perspectivas más amplias.

La sequedad de los días que siguieron me devolvió a mi estado anterior, aunque tanto mis sentimientos como mi forma de pensar habían sufrido un ligero cambio. Si tuviera que caracterizarme con un adjetivo, este sería «ecuánime». Antes, cada vez que veía al jardinero regando al resto, me inundaba la ira. Luego, mi sentimiento hacia ellos evolucionó. Vi bajo la imagen del jardinero múltiples capas de pensamiento. Cómo llevaba la azada a la espalda, cómo se doblaba para remover la tierra, cómo cargaba los cubos, cómo regaba, cómo recogía el estiércol, cómo fertilizaba a todo el mundo... Cuanto más me fijaba en él, más interés le veía. Se me ocurrió que aquel hombre enjuto atesoraba innumerables trucos de magia que, algún día, emplearía conmigo. Tan solo tenía que esperar a que surtieran efecto.

Más que un vergel de profusa vegetación, el jardín ofrece una imagen decadente. Las plantas no siguen una distribución ordenada y crecen cada cual por su lado, de cualquier manera. Lo llaman rosaleda, pero en él no hay rosas; solo algunas azaleas, crisantemos, jazmines. Hace unos días, el jardinero trajo una pareja de acacias blancas que puso a mi lado. Nada más plantarlas, se marchó y, de momento, no las ha regado. Ambas arrastran las hojas amarillentas, aunque no han pronunciado queja alguna contra el jardinero. Sé que es solo cuestión de apariencia. La diferencia con el vivero es que las plantas que hay aquí confían en su propia supervivencia, aunque desconozco de dónde surge esa confianza. ¿Acaso no dependen todas de que las riegue el jardinero? ¿Qué pasará si un día enferma, o sufre algún imprevisto? He hablado del tema con los demás, pero todos descartan esa posibilidad. No quieren ni oír hablar de ello. En cuanto a mí, también me veo capaz de sobrevivir. He llegado hasta aquí, pese a no ser regado, y no tengo motivos para dudar de mi continuidad. ¡Qué jardín tan bizarro! Es imposible discernir si esta atmosfera particular que se vive en él es fruto de la planificación del jardinero o de nuestro propio esfuerzo.

Mira, las hojas de las acacias blancas se han ido cayendo, pero, en contra de lo esperado, cuanta más sed tienen las dos, más sudan. Se me ocurre que, cuando terminen de sudar y su cuerpo se vuelva tan seco como el mío, compartiré con ellas un mismo idioma. Ahora fantasean con transformarse en árboles andantes. Gracias a estas dos compañeras he adivinado las intenciones del jardinero. ¿Quién es el dueño de esta rosaleda? Seguro que contestas que el jardinero. Eso mismo creía yo. Sin embargo, últimamente he cambiado de opinión. A través de mis observaciones he logrado averiguar que el comportamiento del jardinero es, en realidad, bastante caprichoso. Sus múltiples capas de pensamiento no son resultado de la premeditación; sencillamente son así. ¿Por qué no riega las acacias blancas? Porque, en su opinión, no necesitan ser regadas. ¿Por qué me regó durante una temporada y luego dejó de hacerlo? Porque, del mismo modo, considera que podré salir adelante sin agua (y es posible que no se equivoque). Tengo la sensación de que desde que llegué a la rosaleda mi futuro es cada vez más incierto. Al otro lado de la verja se multiplican las sombras. En el aire, seco y transparente, flotan fantasmas aún más transparentes. No necesito transformarme en un árbol andante. Lo único que quiero es quedarme donde estoy y aguardar a que se produzca algún cambio. La verdad es que el cambio ya ha comenzado.

Un manojo de raíces ha despertado al caer la noche y he notado cómo profundizaba en un terreno desconocido. Esto quiere decir que la lluvia picante ha hecho crecer mis raíces. La capa en la que se encuentran ahora sigue sin tener agua, pero su suelo duro y granulado me ha hecho sentir una especie de sensación húmeda e inesperada. Noto que los extremos me cosquillean, presagio de que estoy creciendo y de que va a ocurrir algo insospechado. Según mis cálculos, en estas pocas jornadas mis raíces han arraigado más de un metro de profundidad. Se podría decir que crezco a ojos vistas, que se está produciendo un milagro. Además, continúan creciendo, aunque no llueve desde hace días. ¿Es posible que esté obteniendo otro tipo de nutriente que haya sustituido al agua? ¿Se puede seguir hablando del «agua de la vida» en mi caso?

Por la madrugada oigo la voz vaga del jardinero. Cuando se extingue, de mi cuerpo emana un clamor, leve y crepitante. Mis hojas cenicientas y atribuladas titilan con algunos destellos verdes. Este clamor mío despierta a las dos acacias contiguas. Las oigo suspirar y comentar casi al unísono: «¡El jardinero ha hecho un grandísimo favor al sauce!». Cuando sus voces se apagan, el jardín entero se anima. Emanan comentarios confusos por doquier y tengo que poner atención durante largo rato antes de distinguir las palabras «fuegos artificiales». Dicen que estoy haciendo fuegos artificiales. Sin embargo, apenas emito un destello mínimo. ¿A qué viene tanto aspaviento?

El alboroto que me sacude amaina al poco y me siento vacío. Bien visto, no debería sentirme así. ¿Acaso no estoy creciendo y hasta resplandeciendo? ¿No cuento con el apoyo secreto del jardinero? Pero, con todo, me sigo sintiendo vacío. ¿Será, quizás, porque esperaba brillar una vez más? ¿O porque no tengo seguridad ninguna? Ay, jardinero, jardinero, no se te ocurra regarme por nada del mundo. Me sumo en mis cavilaciones. Deseo saber cuál es ese nutriente y se me ocurre que, tal vez, el jardinero lo sepa. Todos me envidian. Soy la única planta que brilla en mitad de la noche. He recibido el mayor respaldo posible por parte del jardinero.

Al amanecer me siento aún más vacío. Durante la noche, mis hojas se han secado casi por completo, mi tronco ha enrojecido y las grietas son más acusadas. Me pregunto si moriré hoy. Más allá de mi conciencia, no soy capaz de sentir vida en mi interior. Tampoco me siento ya las raíces. El primer rayo de luz del día alumbra la verja y los perfiles del jardín se vuelven nítidos poco a poco. En el aire, frente a mí, una voz repite sin cesar: «¿Quién puede ser? ¿Quién puede ser? ¿Quién...?». Me gustaría poder ver con claridad de dónde sale la voz. Si «algo» puede hablar, es porque tiene entidad. Pero no. La voz nace de las vibraciones involuntarias del viento. Es aterradora.

El jardinero aparece por la puerta del jardín con un cubo de agua. Se detiene y me observa; ve que estoy temblando y sonríe. ¡De nuevo esa sonrisa sombría! Da media vuelta y cumple con su obligación de regar sin prestarme más atención. La frase del viento sigue sonando y oigo a las azaleas comentar: «¡Oh! ¡Pero si es un oso! ¡Un oso negro...!».

¿Es posible que quien hable sea el oso? ¿Cómo es que no lo veo? ¿Estoy acabado?

—¡Un oso negro! ¡Qué extraordinario! —continúa la azalea.

Pienso que la visión extraordinaria de la azalea y el mensaje de vida que me acaba de transmitir el jardinero son indicios de que no voy a morir. Y puesto que no voy a morir, ¿qué puedo temer? Así pues, comienzo, yo también, a emitir sonidos:

—¡Oh...! ¡Ah...! ¡Oh...!

Lanzo tres sílabas al aire. ¡Ja! Mi voz ha emergido de la hendidura y ha resultado portentosa. Hasta ha ahogado la voz del «oso». Ya no hay «oso», solo mi «¡Oh...! ¡Ah...! ¡Oh...!», reverberando en el aire. Las plantas de la rosaleda prestan atención desconcertadas y oigo a la azalea susurrar turbada: «¡Es sin duda un oso negro! ¿Quién se lo iba a imaginar?».

Mi voz se apaga pasado un buen rato. Recuerdo la discusión de las azaleas y me invade el miedo de nuevo. ¿Es posible que yo sea el oso? En los tiempos del vivero, todo el mundo había oído sangrientas historias de osos. Aquel año, los osos se comieron a todos los animales de la ladera de enfrente y, cuando no quedaron más que ellos, se mataron entre sí... La azalea es la planta más honesta. Nunca miente. ¿Sería cierto aquello que ha dicho? Dice que la primera voz fue la mía, y que la que siguió después también. Es posible que el jardinero lo supiera desde hace mucho tiempo. Yo soy el único que... ¡Qué horror! ¡Qué horror! ¡Socorro!... Me desmayé.

Y desperté. Está claro que no soy un oso negro. Si lo fuera, me habría comido al jardinero. Tampoco soy un árbol andante. Lo único que puedo mover son las raíces, que crecen únicamente hacia abajo, arraigando en el suelo. Diga lo que diga, sigo teniéndole miedo al jardinero. ¿No acaba de mirarme fijamente por un instante? Ha fingido agacharse ante la glicinia, pero en realidad no me quita ojo. Su mirada turbia se parece a la de un antepasado. ¿Qué ve en mí? Yo, un sauce agonizante, una planta que sobrevive gracias a algún nutriente cuyo nombre desconozco, un monstruo que arrastra su decrepitud entre el desmayo y la vigilia. Si pudiera verme a mí mismo, estoy seguro de que no me reconocería. La conclusión a la que me ha llevado mi raciocinio es que solo puedo verme a través de la imagen que el jardinero se ha formado de mí. Sé que ha visto multitud de cosas en mí, pero no soy capaz de discernirlas. Cuando lo miro (nosotros, los seres del mundo vegetal, miramos con el cuerpo entero), solo pienso que el brillo de sus dos ojos es directo, y eso me incomoda. Y al sentirme incómodo, no puedo seguir mirándolo durante mucho tiempo, por lo que no tengo forma de ver con claridad mi imagen en sus ojos. Solo sé una cosa: me tiene completamente calado. Es uno de esos tipos raros que comprenden al instante todo cuanto les rodea.

¡Ay, estoy vacío! La sensación de vacío me hace temblar. Soy presa de un temblor terrible. Hasta mis raíces se sacuden en la profundidad del suelo. ¿Qué he tocado? ¡Aquí abajo hay algo! No sé qué, parece algo sólido que se zarandea, un ser vivo, capaz de moverse. Siento que mis raíces saben dónde dirigirse, eso es, mis raíces se extienden hacia la cosa... ¿Lo he tocado? No, no lo he tocado en ningún momento, aunque podría asegurar que está ahí abajo. Con mis raíces esforzándose por alargarse, siento una mayor confianza y la sensación de vacío disminuye, aunque sigue haciéndome temblar.

La azalea todavía comenta con voz queda:

—¡Un oso negro! ¿Quién se lo iba a imaginar?

Su voz me provoca y no soy capaz de contenerme:

—¡Ah...!

Esta vez, mi voz llega muy lejos. Reparo en que todas las plantas del jardín me escuchan. Ya no están perplejas, sino atentas. Mi voz, entretanto, se prolonga en el aire durante un lapso dilatado de tiempo.

Cuando el eco por fin se acalla, las plantas del jardín comienzan a barbullar. Las oigo pronunciar las palabras «oso negro». Es posible que todos (incluido el jardinero) me hayan tomado por la reencarnación de un oso negro y feroz. Pero ¿por qué? ¿A qué se debe esa gran admiración que sus voces dejan traslucir? Mira, el jardinero sacude la azada delante de mí. ¿Me quiere destruir? No, ¡me está ayudando a ablandar la tierra! Sus gestos parecen decir que en el aire también hay nutrientes que no vemos y que pueden llegar hasta mis raíces por entre los huecos de la tierra.

En este instante, veo a la planta andante: la glicinia de nuestro jardín. La glicinia no camina con los pies, puesto que no los tiene. Se aferra a las espaldas del jardinero y, allá adonde quiera que se dirija, se la lleva con él. ¡Es tan emotiva! Se ha tornado de un color muy oscuro, cercano al negro. Su gran raíz ondea detrás del jardinero, con terrones todavía adheridos. Por más vueltas que le dé, no soy capaz de entender cómo pudo salir volando de la tierra, sin preocuparse por lo que dejaba atrás, y agarrarse a la espalda del jardinero. Por lo general, si las plantas nos separamos de la tierra, estamos condenadas a morir. Tal vez sea por eso que, en lugar de transformarse en una planta andante, se ha subido a la espalda del jardinero. Seguro que lo tenía planeado desde hace mucho. De todos nosotros, la glicinia es la planta que más ansía caminar. Rememoré sus palabras y entonces lo comprendí. Hoy por fin ha conseguido lo que buscaba y hasta ha superado sus expectativas: se ha unido al jardinero hasta formar un mismo cuerpo. Se ha convertido en la tipa con más suerte de este mundo. Creo que su éxito radica en la convicción de que el jardinero no iba a dejarla morir.

El jardinero recorre el jardín, atareado de acá para allá, y la glicinia tiembla, nerviosa y emocionada, sobre su espalda. En el fondo la envidio muchísimo, aunque soy consciente de que no puedo aspirar a tan alto trato. Ella es una trepadora y yo un árbol. Solo las trepadoras pueden encaramarse a una persona. Entretanto, a los árboles no nos queda más remedio que permanecer quietos en el sitio y buscar otra salida. Cuando el jardinero termina al fin su tarea, se acerca al lugar en el que crecía la glicinia, se la descarga de la espalda y la vuelve a plantar en la tierra. La oigo emitir un quejido placentero. Seguro que el jardinero está tremendamente orgulloso de su atrevimiento, aunque yo creo que debía conocer el resultado de antemano, por lo que no suponía tanto atrevimiento. Y yo, ¿qué? ¿Dónde está mi salida?

No hay salida para mí. Mi salida está en pensar una salida. Depende del «pensar» en sí. ¿No sigo pensando? ¿No sigo vivo? ¿No son mis raíces el doble de largas que hace muy poco? ¡Esta es la ventaja de las plantas que no pueden caminar! Si tuviera las mismas habilidades de la glicinia, mis raíces no llegarían tan hondo. Pues bien, me quedo en mi sitio. Mi futuro es incierto, me aguardan peligros mayores. Mientras se prepara para marcharse, el jardinero se vuelve un momento y me dirige una sonrisa comprensiva. No sabe sonreír. La suya es una sonrisa que me hace pensar en los muertos. De esta forma, un tanto incómoda, establece un pacto secreto entre los dos.

Ahí abajo, en las profundidades, la cosa se apoya un instante en mi raíz.

EL DELITO

Guardaba en el ático una caja de madera. Todos en casa sabían de su existencia, aunque nunca se abrió. Mi padre la tenía preparada de antemano y me la regaló el mismo año en que nací. Luego, mi madre la conservó. Mi padre era una persona calculadora. Siempre estaba tramando planes a largo plazo que se proyectaban hasta un futuro incierto y de los que se olvidaba más tarde. La caja de madera fue uno más. Cuando se la entregó a mi madre le dijo solemne que su contenido era secreto, que debía esperar a que yo alcanzara la mayoría de edad y que, entonces, él mismo me la mostraría, pues atañía a mi futuro. Pero cuando fui mayor de edad, se le olvidó, y mi madre tampoco se lo recordó. Es posible que mi madre no llegara nunca a creerse que mi padre guardara nada de importancia en la caja. Después de tantos años casados, lo conocía como la palma de su mano, así que ni siquiera se dignó a sacar el tema.

La caja era de madera de pino corriente. Llevaba encima una mano descuidada de barniz y tenía una cerradura pequeña en la tapa. Una cerradura común, que los años habían cubierto de herrumbre. Ya sea por mera costumbre o porque la indiferencia de mi madre caló en mí, nunca se me había pasado por la cabeza forzarla. Ni siquiera le daba muchas vueltas. Cierto día, después de que mis padres murieran, subí la caja al ático sin más y me desentendí de ella. No siento ninguna curiosidad por ciertas cosas, pese a que otras que no merecen mayor interés pueden llegar a obsesionarme. Soy depravada por naturaleza.

En agosto vino a visitarnos una prima que en la familia apodamos «la asesina». Tiene unos treinta años y la frente plagada de arrugas que no se corresponden con su edad. Al verla acercarse calle abajo, caminando con la cabeza muy alta, me inquieté. Habla con tanta acritud que a veces fulmina a la gente (mi padre sufrió muchísimo por su culpa antes de morir). Por eso, a escondidas, la familia la llama con malicia «la asesina».

—Rushu —se sienta y me dice—, esa colega tuya tan moderna estuvo ayer chismorreando sobre ti delante de unos conocidos y, sin embargo, luego te vi paseando agarrada de su brazo. ¿Qué es lo que sucede?

—Mis cosas no te incumben. Te inmiscuyes demasiado. Si vas a entrometerte, preferiría que no te quedaras en mi casa —repliqué desabrida.

—Pero si yo no he venido por eso —hizo un gesto reflexivo—, sino por... por... ¡la caja!

—¿La caja? ¿Qué caja? —fingí intencionadamente, pese a que comprendí al instante.

—No creerás que te puedes olvidar del tema solo porque tu padre muriera hace ya mucho tiempo. Menuda ingenuidad. Eres igual de sibilina que tu padre, igual de culpable. Imposible ocultarlo.

Separó las piernas e introdujo ambas manos en los bolsillos del pantalón, como una virgen vieja que no ha encontrado marido. Recordé cuando, algunos años antes, le presenté a unos cuantos amigos, aun a sabiendas de que ninguno era apropiado para ella y de que aquello no resultaría en nada. Se los presenté precisamente porque la detestaba. Sin embargo, después de aquello, no solo no me odió, sino que me agradeció la ayuda. Me sentí muy avergonzada. Entonces comprendí que no podía hacerle daño.

Le pregunté por qué tenía tan mal concepto de mi padre y me miró inquisitiva, esbozando una sonrisa fría. Replicó que yo debía saberlo desde tiempo atrás o, de lo contrario, no habría escondido la caja en el ático. Aquello, me dijo, era delito.

—Yo no he escondido nada. La dejé allí sin más. ¿A qué viene acusarme, si ni siquiera sabes qué contiene la caja? —no aguantaba más.

—El contenido es lo de menos. Hemos de asumir la responsabilidad de nuestros actos. Por ejemplo, no se puede abusar de la expresión *sin más*. ¿Quién sabe si fue de verdad *sin más?* —bufó, sacudiendo el culo caído.

Decidí no prestarle atención. Que se quedara en casa si quería, pero yo no pensaba hacerle compañía. Agarré la carpeta y me fui a trabajar.

Sin embargo, estuve intranquila todo el día, temiendo que pudiera pasar algo en casa. Entonces recordé que había olvidado echar la llave del cajón en el que guardaba la correspondencia personal.

Aquella tarde, antes de que concluyera la jornada laboral, corrí de vuelta a casa. Llegué, solté la bicicleta y crucé la puerta volando. Como era de esperar, la encontré sentada frente al escritorio, leyendo mis cartas. Al oír mis pasos las devolvió a su sitio con un rictus incómodo.

—¿Qué haces leyendo mis cartas? —palidecí.

—Es mera curiosidad, no tienes por qué ponerte así de seria —objetó, poniéndose en pie.

—¡Si pretendes quedarte en mi casa, la curiosidad está de más! —grité.

—Te crees más de lo que vales si piensas que me quedo aquí porque tengo curiosidad por ti —también gritó, con los brazos en jarras como una *iaksi*[2].

---

[2] Genio de la naturaleza en las mitologías hinduista y budista. *(N. de la T.)*

Alertado por los gritos, mi marido se apresuró a poner orden, pero cuanto más intentaba él conciliar, más perdía mi prima los papeles. Entre otras cosas, dijo que si se quedaba en casa era para evitar que se cometiera un delito que se gestaba desde hacía décadas. Sus palabras desconcertaron a mi marido. Por extraño que pudiera parecer, sin embargo, evitó referirse a la caja, limitándose a armar un escándalo sin sentido. Llegó incluso a decir que permanecería en casa hasta que la verdad saliera a la luz.

Reparé en lo extraño de todo aquello. La caja que mi padre me había dejado estaba en el ático y se veía desde la sala, pero mi prima no dijo de ir a buscarla en ningún momento. Tampoco preguntó por su paradero. Su atención parecía por completo ajena a ese detalle. Todo era muy confuso. Es posible que tan solo buscara una excusa para permanecer en mi casa, satisfacer su curiosidad de virgen vieja o idear alguna forma u otra de vengarse de mí. Es una persona muy complicada, tanto que no acierto a leerle el carácter. Así pues, decidí no entrar en disputas. Simulé que no había pasado nada y le hablé con normalidad durante la comida. Ella endureció el rostro con una mueca que rozaba el menosprecio y se giró para hablar con mi hijo de relaciones entre padres e hijos, aprovechando para explayarse.

—En ocasiones, un delito se perpetra gracias al esfuerzo de varias generaciones —pregonó orgullosa, levantando la frente y la voz. Mi hijo la escuchaba con devoción, sin pestañear. Siente una gran admiración por ella.

No conozco a mucha gente que vaya más a su bola que mi prima. Ni siquiera tiene un trabajo fijo. Todo su oficio consiste en montar puestos ambulantes para vender medias baratas, por lo que sus ingresos son muy inestables. Se peleó con sus padres hace años, hasta el punto de que ni se ven. Así, cuando las ventas decaen y el dinero escasea, se queda con nosotros. Aunque la detesto, me gusta esa forma suya de pensar, ágil y directa, por lo que me dejo arrastrar sin darme cuenta y no me opongo a que se nos meta en casa. Con todo, no esperaba que, en esta ocasión, apuntara su lanza hacia mí, como si estuviera empeñada en averiguar alguna de mis intimidades, dispuesta a no cejar hasta conseguirlo.

Yo estaba fuera de mis casillas; no sabía qué líos estaba tramando. No le importaba mi familia lo más mínimo. Decía que iba a hacernos a todos una «pequeña intervención quirúrgica». Decía este tipo de cosas sin mover una ceja.

Un día, el director me echó una vez más la bronca porque andaba distraída y volví a equivocarme al rellenar un informe. Me habló con tan malas palabras que me entraron ganas de escupirle a la cara. Recapacité sobre el problema que teníamos en casa y pensé que había llegado la hora. Debía dar a entender a mi prima que no estaba bien entrometerse en la vida de los demás.

Lo medité y, en el camino de vuelta a casa, casi había tomado la decisión.

Nada más cruzar la puerta, la oí reír con mi hijo. No tenía más remedio que reconocer que, pese a haberse quedado soltera, tenía mucho talento en ese aspecto. Muchísimo más que yo. ¿Es posible que la envidiara por ello? Aunque, lo cierto es que no era solo envidia lo que sentía. Había algo más enredado entre medias.

Mi prima y mi hijo habían instalado juntos un nuevo interruptor. Acababan de terminar y reían, contentos por haberlo logrado. El nuevo interruptor era mucho más cómodo, pero el caso es que tengo prohibido a mi hijo trastear con los cables eléctricos, porque todavía es joven y no entiende del todo cómo funcionan. Cuando me asomé a la sala me llevé un susto de muerte. Habían bajado la caja del ático y la habían puesto encima de la silla para ganar altura y que fuera más fácil subirse a ella. Tenía varias marcas de pisadas encima. Me abalancé, aparté la caja y, mirando a mi prima fijamente, le solté entre dientes:

—Esta es la caja a la que tan a menudo te refieres. Ha estado siempre allí arriba —señalé hacia el ático.

—¿Ah, sí? —mi prima esbozó una sonrisa—. En ese caso, ¿qué te parece si la abrimos?

—No tengo la llave. A mi padre se le olvidó dármela —confesé apenada.

—Y tú no te acordaste de pedírsela, ¿verdad? —suavizó el tono. Con la punta del pie, dio unos golpecitos a la caja, que descansaba sobre el suelo. Su contenido emitió un sonido extraño con el movimiento. Mi hijo la imitó y comenzó a darle pataditas también, hasta que, entre los dos, la arrastraron con el pie de acá para allá. Aquello me llenó de rabia y tuve que contenerme para no estamparles un bofetón en la cara a cada uno.

Me agaché, recogí la caja y la devolví a su sitio en el ático. Incluso la envolví en un paño. Mientras estuve ocupada con esta tarea, mi prima y mi hijo ni me miraron. Habían sacado ya el tablero y estaban echando una partida de ajedrez. Me convertí en una persona sobrante.

—¿No decías que habías venido por la caja? ¿Que la caja ocultaba un delito? —recordé a mi prima.

—¿Eso dije? Es posible que lo dijera, sí. —No levantó la cabeza, atenta al tablero.

—Está siempre ahí arriba, pero me he fijado en que ni siquiera la miras.

—No necesito mirarla. Sé de sobra que está ahí. También sé que no tienes la llave. Eh, ¿es posible que tu padre no te diera la llave por mala fe?

—Ni mucho menos. Estoy segura de que se le olvidó, eso es todo.

Por alguna razón que desconozco, y pese a estar cubierta con un paño, después de aquel incidente, la mirada se nos iba sin motivo a la caja. Nos pasaba a todos: a mi marido, a mi hijo, a mi prima y a mí. La situación volvió a incomodarme. A veces, conversando todos en un rincón, nos quedábamos callados de pronto y mirábamos a la vez hacia el envoltorio de tela. Cuando esto ocurría, mi prima era siempre la primera que apartaba la vista, para dejar escapar luego una risita nerviosa. Yo, mientras tanto, enrojecía de ira.

Para demostrar a mi prima que sus sospechas eran infundadas, se me ocurrió buscar la llave que habría dejado mi padre. Tenía que estar en algún sitio, puesto que no era posible que lo hubieran incinerado con ella y la hubieran introducido luego en la urna con sus cenizas. Lo primero fue examinar sus antiguas pertenencias. Lo revolví todo de cabo a rabo e inspeccioné cosa por cosa, por si se había quedado enganchada en algo. Dediqué tres días a esta tarea. Cuando volvía del trabajo, me encerraba en el dormitorio y rebuscaba a escondidas, a espaldas de mi prima y de mi marido. Sin embargo, no sirvió de nada. No encontré llave alguna, no digamos ya la de la caja. Fue entonces cuando recordé que mi padre no solía llevar encima la llave de casa, lo que acababa siendo un engorro incluso para él. A continuación, pensé en los parientes y amigos de mi padre, y en si habría alguien que pudiera estar al tanto del asunto. Sabía que con quien mejor se había llevado en vida fue con su hermana. Hablaban de todo. Así que decidí hacerle una visita a aquella tía, ya anciana.

Pese a que el invierno ya había terminado, la encontré con la cabeza envuelta en un grueso pañuelo, temblando sin parar y mascullando con cada bocanada de aire:

—Este tiempo es mortífero. ¿Qué haces saliendo de casa con el frío que hace?

Cuando le conté el motivo de mi visita, dejó de temblar, me lanzó una mirada de reojo y me dijo:

—No. Nunca habló de ninguna llave. Tu padre era el zorro de la familia, nunca decía la verdad. Siempre que venía por aquí era para pedir dinero prestado. ¿Por qué te interesas ahora por eso, después de tantos años? Lo veo complicado. Siempre ha sido imposible sacar nada en claro de sus asuntos.

—Pero la caja sigue ahí. Me la dejó a mí. ¿Crees que podría forzarla para abrirla y ver qué hay dentro?

—Ese no es asunto mío. Ya me ves, no soy más que una vieja. Dentro de poco me costará trabajo hasta hablar. ¿Qué me importan a mí sus cosas? Aquí sentada, sueño siempre con cuando jugaba en la nieve con tu padre. Yo tenía seis años; él ocho. Ya entonces tenía dotes de calculador. Si quieres saber algo más, puedes buscar a su amigo Qin Yi —tenía la boca desdentada y me pareció que iba a decir algo más, pero de pronto torció la cabeza, cerró los ojos y se quedó dormida.

Cuando me quedó claro que de allí no iba a sacar ningún indicio útil, regresé a casa y decidí que al día siguiente iría a ver a Qin Yi. No lo había visto desde que murió mi padre, hacía casi siete años.

Qin Yi vivía en un callejón tortuoso. Acababa de llover y había charcos por todas partes, por lo que terminé con los pies y los bajos de los pantalones empapados. Frente a mí había un viejo perseguido por su mujer, armada esta con un gran palo de madera que le sacudía a cada paso, echa una furia. El anciano, entretanto, parecía una cabra, saltando ágil entre los charcos. Al cabo, la mujer acabó cansándose y se sentó al borde de la calle a maldecir a voz en grito, y el anciano se metió en casa y se escondió allí. Aquel anciano era Qin Yi, en otro tiempo joven amigo y alumno de mi padre.

Cuando me vio entrar se puso muy nervioso. Ni siquiera me invitó a tomar asiento, como si deseara que me marchara cuanto antes. Sin embargo, cuando le conté el motivo de mi visita, mostró un claro interés, me invitó a sentarme y me sirvió un té.

—Aunque fuera mi maestro, he de decir que también fue un gran mentiroso. Siempre lo he dicho. Escondía algo y decía que guardaba un grandísimo secreto que revelaría algún día, pero luego nunca era nada. Yo también tengo una caja suya aquí. Estaba vacía. Lo comprobé hace mucho tiempo, antes de que él muriera. Cuando le pregunté por ella, me dijo que era una broma, que no esperaba que la fuera a forzar. No te lo digo para que vayas y hagas pedazos la tuya. Déjala estar, a lo mejor hasta hay algo dentro.

—Claro que hay algo. Suena. Pesa. Al fin y al cabo, era mi padre —afirmé segura, sintiendo cierto desprecio hacia Qin Yi. No entendía cómo había podido mi padre confiar en alguien así.

—Quizás, quizás. Era tu padre. Pero no sé nada de ninguna llave.

Después de aquel día fui a ver a un primo mayor, a un antiguo compañero de trabajo de mi padre y a una amiga íntima de mi madre. Ninguno de ellos supo darme la menor información.

Comencé a hablar de la caja con conocidos. Algunos se inventaban cualquier excusa para venir a casa. Se sentaban y dirigían miradas al ático. Cuando veían que me percataba, desviaban rápidamente la vista y bajaban la cabeza. Decían algunas frases corteses y contaban cualquier cosa irrelevante. Mientras tanto, mi prima se paseaba dando zancadas por la sala, con las manos metidas en los bolsillos del pantalón.

Cierto día vinieron a vernos los padres de mi prima: el matrimonio más insulso que uno pueda imaginar. Nada más sentarse comenzaron a pasear la vista de un lado a otro, como ladrones, mientras hacían comentarios sin el menor tacto, criticando a los jóvenes de ahora.

Al rato llegó mi prima vociferando insultos, diciéndoles que se largaran, que nadie los había invitado.

—No penséis que no sé lo que os traéis entre manos —dijo su madre mientras se paseaba, lanzando acusaciones veladas—. En este mundo hay gente horrible que vive como si nada. Id y escuchad lo que dicen por ahí.

Después de que los invitados se marcharan, mi prima, todavía hecha una furia, me agarró del cuello de la camisa y, sacudiéndome con fuerza, me dijo:

—¿Has ido contando lo de la caja?

—Lo he comentado, sí, con parientes y amigos de mis padres. ¿Y qué? ¡Ni que fuera un gran secreto! Seguro que la gente ya lo sabía.

—¡Pedazo de idiota! —me soltó, exasperada—. ¿En qué te basas para decir que se sabía? Tus padres están muertos; yo era la única que estaba al tanto de este asunto y ahora, mira, todo el mundo está pendiente de la caja. ¿Crees que tu padre estará descansando en paz bajo tierra? ¡Vas a acabar mal, pedazo de criminal!

Fui consciente de mi error. Rehuí su mirada y balbucí:

—Es solo que no estoy convencida...

Vino tanta gente que no me quedó más remedio que esconder la caja, con la esperanza de disipar así su curiosidad.

Pero los visitantes siguieron presentándose. Se sentaban junto a la mesilla con ojos bajos, sin mirar ya al ático ni decir nada, haciéndome ver con su comportamiento que estaban al tanto de todo. Yo sabía que, cuando se fueran, hablarían de mí como víboras. Entre ellos se encontraba Qin Yi, lo que me convenció aún más de que fue él quien diseminó el rumor. El muy traidor acabó por agraviar el cadáver de mi padre.

Un día, de vuelta a casa del trabajo, mi hijo se me acercó y me dijo que en el colegio no paraban de hablar de nuestra familia, que no soportaba ya las miradas de la gente. Estaba enojado, quería que abriera la caja de una vez. ¡Solo es una caja! ¿A qué viene esconderla? Yo seguía como si nada, pese a haberla escondido, y sin embargo él estaba sufriendo las consecuencias.

—Hasta dicen que podría estar relacionada con un asesinato. Es espeluznante —dijo indignado.

Pensé en los errores que había cometido y en cómo todos ellos se debieron a que mi padre no me había dejado la llave; tan solo una caja de madera cerrada. ¿Por qué me odiaba tanto?

El continuo trasiego de vecinos y parientes acabó por impacientar a mi marido. Comencé a sentir que, en ocasiones, me observaba a escondidas para ver si me rendía. Cierto día, después de dudarlo mucho, por fin me dijo:

—Rushu, desistamos.

—¿Que *desistamos?* Querrás decir que desista yo. Escúchame bien, aquí tú no pintas nada. ¡Así es! ¡Ni tú ni nadie más! —Miré a mi prima de reojo, que a su vez miraba al techo.

—¡¿A qué viene ponerse así?! Rompemos la caja y vemos lo que hay. Tan sencillo como que, cuando el nivel de las aguas baja, se ven las piedras. ¿Qué temes?

—¡Ni hablar! —lancé un grito, me metí en el dormitorio y cerré la puerta.

Saqué la caja de debajo de la cama y la sacudí, aguzando el oído. Su contenido sonaba como hojas secas, paja o cartas. Volví a sacudirla varias veces, y entonces me pareció que sonaba a otra cosa, como huesos hechos añicos, piedrecitas o tablillas de madera. Lo cierto es que no había modo de averiguar qué había dentro. ¿Era aquella una broma pesada de mi padre? ¿Me había tomado por otra persona? ¿Por Qin Yi, quizás? ¿Qué diferencia fundamental nos distinguía en realidad a Qin Yi y a mí? La única diferencia es que, a día de hoy, yo no he forzado la caja. Alguien debía estar al tanto de todo este asunto. Tal vez mi prima. De lo contrario, ¿por qué si no iba a decir que se instaló en nuestra casa precisamente por todo esto? La caja llevaba ya siete años en el ático sin que yo le prestara ninguna atención. Sí, mi prima desató una tempestad. Quizás mi padre le dejara caer algo antes de morirse, o quizás fuera ella la que se enterara de algo. Es listísima.

Desazonada e indignada por el hecho de que mi padre pudiera tratarme de ese modo, tiré la caja y me puse a urdir planes imprecisos. Así es. Planeé vengarme de los muertos, de mi padre y de mi madre. ¡Que se vayan al diablo! En ese instante entró mi marido, vio la caja en el suelo y creyó que había sucumbido. Su figura delgada y alargada parecía flotar ligera bajo la luz de la bombilla. Lo oí suspirar y decir casi para sí:

—No hacía falta tomárselo tan a pecho. ¿Qué más dan las cosas de los muertos? Todo el mundo hace cosas sin sentido antes de morir, aunque no sean las mejores. Estos días y toda esa gente me están volviendo loco.

Mi prima recogió sus cosas temprano y con el último bocado del desayuno se puso en pie y anunció que se marchaba. Mi hijo protestó al instante alzando la voz. Dijo que no tenía por qué irse tan pronto, que tenían a medias la partida del día anterior.

—¿A qué viene tanta prisa? —La miré a los ojos.

—No te hago falta —sonrió—. El delito persistirá, pero no pasará nada grave. Me quedo tranquila. Además, no puedo quedarme para siempre. Ya llevo aquí bastante tiempo.

—¿No decías que estabas aquí para evitar un delito? —contuve mi ira en ascenso.

—Exageraba, nada más. A todos nos gusta la afectación. Así me doy importancia. Tengo que ocuparme de mis cosas. Ya viste a esos dos, cuando vinieron a merodear. En el fondo de sus corazones, lo que quieren es cargarse a alguien—. Se echó la mochila sobre los hombros, dijo adiós con la mano y se fue.

—Al final va a resultar que es capaz de vivir de ese modo... —suspiró mi marido.

—¿Y tú? ¿Cómo vives tú? ¿Lo tienes claro? ¡No te hagas el ingenuo! Ya somos mayorcitos para eso —le grité, sobresaltándolo. Esbozó una sonrisa fría y salió.

Mi hijo también abandonó la mesa. Puso los ojos en blanco y se fue.

Fuera, hablaban. Eran los vecinos, que rodeaban a mi marido y le preguntaban no se qué. La cabeza me rugía de rabia. La flecha estaba ya en el arco, lista para ser lanzada.

Parece que mi marido dijo algo y el resto comprendió de pronto, entre exclamaciones de sorpresa. A continuación, se dispersaron lentamente.

Sentí que había llegado al límite de lo soportable. Agarré la grabadora y la estrellé contra el suelo. Nadie me prestó atención, se habían ido todos. Volví al dormitorio, saqué la caja y la sacudí junto a la oreja. Escuché su sonido de hojas secas, de cartas o fotografías, tal vez de huesos o tablillas de madera. Mi curiosidad seguía en aumento; también mi enfado. Introduje la caja en una bolsa y salí con paso veloz.

Cuando regresé, mi marido estaba esperándome en la puerta con el semblante sombrío. Con él estaba mi hijo que, sin embargo, se fue corriendo al verme.

—¿La has lanzado al río? —me preguntó haciendo grandes aspavientos.

—¿Y qué si lo he hecho? Es mía y puedo hacer con ella lo quiera.

—Claro que puedes. —Apartó la mirada y dejó de gesticular—. Rushu, dime, ¿no tienes miedo? ¿Ni siquiera cuando te despiertas en mitad de la noche?

—¿Miedo a qué? ¿Acaso el miedo nos va a solucionar los problemas? ¿Acaso se puede huir? No creas que tu situación es mucho mejor que la mía.

—Ah, ya entiendo. ¡He sido un idiota! Ahora lo entiendo todo, no hace falta cumplir con las formalidades. Ambos pensamos lo mismo, sencillamente lo afrontamos de formas diferentes. Tu padre era un viejo zorro, un farsante tan hábil que fui incapaz de darme cuenta. Puedes estar tranquila, toda esa gente no va a volver; tienen sus propios problemas. ¿Por qué no has echado un vistazo rápido antes de deshacerte de ella?

No se daba por vencido.

—¡¡No!! —dije con decisión.

* * *

Me distancié al instante de mi marido y de mi hijo. En apariencia, seguíamos charlando, riendo, igual que si no hubiera pasado nada, pero yo lo veía escrito en sus rostros. Todavía dirigían miradas distraídas hacia el ático, como si me recordaran el delito. Y, así, fueron pasando los días.

Lo cierto es que a menudo me despertaba en mitad de la noche. En esos momentos me ponía a pensar si debía o no preparar una caja similar para mi hijo y meter en ella hojas secas, unos cuantos pliegos de periódico o un puñado de tablillas de madera. Llegué incluso a comentarlo con mi marido. Su conclusión fue que quería eludir responsabilidades.

Casi me había olvidado de mi prima cuando reapareció. Traía la cara renegrida por el sol, el pelo chamuscado y aquel aire de virgen de siempre, con las manos metidas en los bolsillos del pantalón.

—¿Vienes a investigar un delito? —me burlé, haciendo todo lo posible por mostrarme distendida.

—Ya me gustaría a mí tener tiempo libre para dedicarlo a esas cosas. He trabajado como comercial todo este tiempo. Estuve en el desierto de Gobi y pensé en establecerme allí, pero más tarde me dije que todos los sitios son iguales. Los mismos delitos, los mismos engaños..., así que pensé que mejor hacía volviendo. ¿Qué tal estáis? ¿Ha ido cerrando la herida poco a poco? —Levantó la cabeza y dirigió la mirada hacia el ático mientras una sonrisa le cruzaba el rostro.

—Sigo sin comprender por qué te lo tomaste tan a pecho al principio, para luego dejar las cosas inacabadas, en suspenso, sin una continuación. ¿Te comportas igual cuando se trata de tus asuntos?

—Claro que sí —rio—. Igual. Está todo en la imaginación. Hay que ser flexible ante los problemas. Tu padre era el tipo más flexible del mundo. Nunca se vio en un callejón sin salida.

—Entonces, ¿aquella severidad era impostada? Solo querías advertirme, ¿es eso?

—No diría que fue impostada. Todo lo que dije era verdad. Luego, sencillamente, lo dejé pasar, convencida de que lo habías entendido, y me fui de tu casa. ¿Qué más continuación necesitabas? No todo tiene un final; esa es la continuación. Me acordaba de la caja de madera, ¿no es así? A tu padre le gustaban esos juegos de niños. Le gustaba crear una atmósfera de misterio. Tú estabas en la inopia. Si no llego a decirte nada, ni siquiera te habrías dado cuenta. La verdad es que los métodos de tu padre eran peculiares. Una caja, ¡jajaja! —dejó escapar una carcajada incontenible antes de adoptar un tono normal—: No hay necesidad de ponerse tan seria. ¿Y qué si la hubieras abierto para ver lo que contenía? Pero te pueden los nervios, te falta flexibilidad.

Mi prima se fue del mismo modo que había llegado: de repente. Una noche me encontré en la calle a su madre, vieja y más sola que la una, mirando a su alrededor. Yo sé a quién buscaba.

—No puede estar muy lejos, tía. Me dijo que andaba por aquí, quizás por esta misma zona.

—¡Quiero dar con ella para saldar cuentas! —escupió entre dientes. Tenía la cara amoratada, congelada por el gélido viento.

Mi tío murió al poco tiempo. Mi prima no apareció, aunque yo sabía que seguía viviendo en este mismo lugar. Es un fantasma, igual que mi padre. Tal vez un día cualquiera vuelva a presentarse en casa anunciando su intención de investigar otro de mis delitos.

HOJAS ROJAS

El alba acababa de franquear la ventana de la habitación de hospital. El profesor Gu estaba tendido en la cama con los ojos cerrados; la limpiadora rociaba la estancia con Lysol. Aquel día había llegado muy temprano, como si no fuera a limpiar, sino a importunarlo. El profesor Gu supo que ya no sería capaz de conciliar el sueño. Su mente se activaba con el olor del Lysol. Le ocurría siempre. Suspendida en el aire, en el bosque de sus pensamientos, flotaba lentamente una hoja roja entre árboles deshojados, despojados por el invierno. Hacía muchos días que una única pregunta le rondaba la cabeza: ¿Las hojas de los arces se van tornando rojas desde el peciolo, y de ahí el color se extiende por toda la superficie, o bien la hoja entera va cambiando gradualmente, pasando del rojo claro al oscuro? El profesor Gu no se había preocupado por esta cuestión antes de su enfermedad, como si, un año tras otro, hubiera dejado pasar la oportunidad de averiguarlo. Tenía a la puerta de casa una colina cubierta por un bosque de arces. Se mudó a aquel lugar después de enfermar.

Cuando la limpiadora salió, el profesor Gu dobló las piernas y se masajeó suavemente el vientre hinchado. ¿Es la actividad corporal mayor cuando la enfermedad se está abriendo paso entre los órganos vitales? Tal vez fuera eso lo que ocurría con su hígado, acosado por tantas enfermedades. La noche anterior, en la habitación en la que estaba ingresado había ocurrido una tragedia. Un enfermo terminal se había abalanzado chillando sobre el balcón y había saltado al vacío. Tras el incidente, la habitación se sumió en un silencio sepulcral. Se diría que los pacientes, echados en sus camas, no se atrevían a hacer el menor ruido. ¿Es posible que la limpiadora se hubiera presentado tan temprano a desinfectar porque había muerto alguien? No le veía ningún sentido. El enfermo no se había suicidado porque se agravara su enfermedad ni porque el dolor se hubiera vuelto insoportable. Era consciente de que su condición comenzaría a mejorar con la quimioterapia. De hecho, tenía previsto abandonar la unidad de cuidados intensivos al día siguiente. Nadie imaginaba que fuera capaz de hacer algo así. El pobre viejo sabía cómo dar la sorpresa.

Tras una larga hospitalización, el profesor Gu estaba cada vez más a gusto con su situación. En privado llegaba incluso a emplear el adjetivo «fascinante» para referirse al hospital. Enfermo taciturno, lo llevaban y traían, recorriendo el interior de los edificios blancos, conectados por pasillos. Lo cierto es que se valía por sí mismo para caminar despacio, pero los médicos insistieron en que empleara la silla de ruedas. Así pues, él se acomodaba en el asiento mientras un joven fortachón lo empujaba con delicadeza hasta la consulta. El profesor Gu pensaba que lo hacían para evitar que escapara. Al principio, todo aquello le pareció muy extraño, pero al cabo se acostumbró y hasta lo entendió. La segunda vez que se sentó en la silla de ruedas, se sintió como un general que inspeccionara un campo de batalla salpicado de cadáveres.

Descansando con los ojos cerrados, oyó a la limpiadora comentar: «Cuando se lanzó al vacío, gritaba el nombre del profesor Gu». Abrió los ojos y la vio salir, de espaldas a él. Aquellas palabras lo espabilaron. No sabía cómo, pero su oído se había agudizado de repente. Volvió a oír a esas dos personas hablando unos pisos más arriba. Bajaban en aquel mismo instante, charlando. Pasaron del piso noveno al séptimo y, a continuación, llegaron al sexto, elevando cada vez más el tono de voz, como si discutieran. A la altura de la sexta planta se detuvieron, y la discusión dio paso al diálogo. Luego, las voces se aquietaron, hasta que al profesor Gu se le figuraron dos gatos maullando quedamente. La habitación del profesor Gu estaba en la quinta planta. Solo les faltaba descender una planta más para llegar a su puerta, pero no lo hicieron. Permanecieron en el piso de arriba, hablando durante largo rato, y su habla cambiaba tanto a oídos del profesor Gu que, cuanto más la oía, más la creía aullidos gatunos. En su mente surgió al instante el término «hombres gato», y hasta comenzó a imaginar que en el hospital abundaban esos hombres gato que se ocultaban en un rincón oscuro, del que salían de tarde en tarde, como ahora, para quejarse de su soledad. Notó algunas palpitaciones en la parte derecha del vientre y oyó la ascitis gorgoteándole por dentro. Al cerrar los ojos, vio de nuevo hojas rojas. Sus bordes, ahora más gruesos, destilaban una sensualidad extraña. Sintió varios fogonazos en la cabeza. Uno de los hombres gato soltó un grito repentino, tras el cual dejó de oír sus voces. La puerta de la habitación se abrió. Traían el desayuno.

No tenía apetito, no quería desayunar. El viejo Lei le aconsejó desde la cama de al lado:

—Come algo, hombre. Así, si esta noche vuelve a ocurrir lo mismo, te pillará con fuerzas.

El viejo Lei era otro enfermo terminal. Había perdido el pelo y apenas le quedaban dos meses de vida. Tras meditar un instante, el profesor Gu se forzó a beber unos cuantos tragos de leche, se enjuagó la boca con agua hervida y volvió a reclinarse, conteniendo las náuseas. Miró al viejo Lei de reojo y se sorprendió al verlo embelesado comiéndose un huevo. Pero ¿y este?

Le apetecía contarle al viejo Lei lo de los hombres gato, pero el esfuerzo de abrir la boca y hablar le pareció descomunal. ¿Por qué gritaría su nombre el contable Zeng cuando se tiró por el balcón? Sencillamente le parecía una forma de llamar la atención. Con esta idea en la cabeza, levantó la mano en un gesto inconsciente. Entonces oyó al viejo Lei:

—Profesor Gu, no debes apartarla con la mano. Deja que te caiga en el rostro. Tal vez tenga un efecto hipnótico.

—¡¿Qué?! —preguntó perplejo.

—Me refiero a la hojita roja. Mira, ha ido a parar a tu edredón, ¡ja!

En efecto, sobre su edredón descansaba una hoja seca que se había colado por la ventana y que el profesor estrujó con suavidad hasta convertirla en polvo. A continuación, sacudió la mano y se la limpió con un pañuelo. Con los ojos cerrados, reclinado sobre la almohada, oyó a los médicos entrar. Hicieron preguntas al viejo Lei que, más contento de lo que era habitual en él, contestó con voz potente y anunció haber «vencido ya la enfermedad». El profesor Gu entreabrió en ese instante el ojo y miró al director médico, que frunció el entrecejo disgustado. El profesor Gu pensó: «Al viejo Lei está a punto de llegarle su hora, tal vez esta misma noche». El viejo Lei dejó escapar de pronto una exclamación: «¡Aaah!». El profesor Gu abrió los ojos.

Varios médicos sujetaban a la cama al viejo Lei que, pese a resistirse, no logró impedir que lo ataran con firmes correas. El viejo lanzaba gritos que su garganta era incapaz de contener, mientras parecía que los ojos se le fueran a salir de sus cuencas. Los médicos sacaron pañuelos para enjugarse el sudor y dejaron escapar un suspiro. Por algún motivo, se saltaron la cama del profesor Gu y se dirigieron a los dos enfermos que ocupaban el flanco oeste del cuarto. Les hicieron algunas preguntas y, al rato, salieron. Aquel comportamiento sobresaltó y desconcertó al profesor Gu. A su lado, el viejo Lei escupía de tanto en tanto esputos de sangre que le aterrizaban en la cara y resbalaban hasta la almohada, en la que se formó, junto a la cabeza del enfermo, una mancha de un intenso color rojo. Luego, dejó de forcejear; tampoco es que pudiera hacerlo. Solo era capaz de mover la boca, los ojos, la nariz. Bueno, y las orejas. El profesor Gu se fijó en cómo aleteaba las orejas, como un animal entrañable.

—Viejo Lei, nos vamos a relajar todos —comentó el profesor Gu, sin saber muy bien qué otra cosa decir.

—¡Menudo... idiota!

El profesor Gu guardó silencio. El costado derecho volvió a palpitarle. Le dio unos golpecitos y lo vio sacudirse de nuevo, ahora con más fuerza. Cruzaron la estancia varias ráfagas de aire tórrido y le entró calor. En el extremo occidental de la habitación, otros dos enfermos, un hombre y una mujer, charlaban sobre los preparativos de sus respectivos entierros. Aquella actitud previsora le dio escalofríos. Así, un momento sentía calor y, al siguiente, frío. Acariciándose, murmuró: «Este no parece mi cuerpo», y comenzó a pensar en escabullirse para ir en busca de los hombres gato. Por lo general no se atrevía a salir de la habitación porque, nada más cruzar la puerta, el viejo Lei hacía sonar la alarma y las enfermeras acudían corriendo para rodearlo.

El profesor Gu se levantó a hurtadillas de la cama y salió del cuarto orillando la pared. Ya en la puerta, se giró y vio al viejo Lei observándolo furibundo. De pronto, le pareció cómico, y a punto estuvo de escapársele una risotada. El pasillo estaba desierto. Llegó hasta la escalera y ascendió por ella, cauteloso. Mientras lo hacía, se agarraba la tripa, figurándose ser un canguro.

Al llegar a la sexta planta oyó aquella lengua gatuna, pero ¿dónde estaban los hombres gato? En el pasillo solo había un par de enfermeras repartiendo medicinas. El profesor Gu descansó un instante antes de proseguir. En la séptima planta, un auxiliar que distribuía agua caliente se acercaba empujando un carrito. Lo aparcó a un lado del pasillo y se fue al hueco de la escalera a fumar un cigarro. «¿Cómo puede fumar en la misma zona en la que se encuentran los enfermos?», pensó el profesor Gu. El auxiliar dio unas palmaditas en el suelo, invitándolo a sentarse a fumar con él. Extrañado, el profesor Gu aceptó el cigarrillo que el auxiliar le ofrecía, lo encendió con el suyo y se puso, también él, a fumar. El humo era asfixiante. El profesor Gu no había fumado nunca esa marca de tabaco que parecía de liar. Entonces distinguió la caja de plástico.

—¡Ah! Los lías tú mismo —comentó el profesor Gu admirado.

—Muchos de nosotros... Tenemos los instrumentos... —contestó el otro ambiguo.

El profesor Gu se acabó el cigarrillo, dio las gracias al auxiliar y se puso en pie, dispuesto a continuar su ascenso. De pronto, oyó que el auxiliar emitía a su lado un maullido estridente, pero cuando se giró para observarlo, lo vio igual, como si nada. Aquí no hay nadie más, ¿quién ha podido maullar si no él? El profesor Gu cambió de idea. Prefería quedarse a ver qué más hacía aquel hombre.

Aguardó un rato, pero el auxiliar no hizo nada. Tan solo se limitó a meterse la colilla en un bolsillo, incorporarse e ir a buscar el carrito. Empujándolo, entró en una de las habitaciones. El profesor Gu se llevó de forma inconsciente la mano al bolsillo, se sacó la colilla a medio fumar y la observó. No vio nada extraño en ella. Confundido, la estrujó y, para su sorpresa, descubrió un escarabajo revolviéndose entre las hebras de tabaco. Aunque tenía medio cuerpo chamuscado, parecía resistirse a morir. El profesor Gu sintió náuseas y tiró la colilla al suelo. Prosiguió hasta la octava planta sin girarse.

El pasillo de la octava planta era un hervidero de gente, presa de una gran agitación. Tal vez algún enfermo hubiera empeorado, pues alguien introducía un aparato en una de las habitaciones. El profesor Gu descansó un momento y continuó hasta la novena y última planta.

Estaba a punto de llegar cuando levantó la vista y se llevó un susto que casi lo hace rodar escaleras abajo. Un hombre vestido de negro de los pies a la cabeza estaba ante él con una máscara de ópera china cubriéndole el rostro. Parecía esperarlo expresamente.

—Hola, profesor Gu —habló con un grito ensordecedor como una campana.

El profesor Gu se sentó en el suelo resollando, incapaz de articular palabra. De pronto se sintió cansado. Volvía a dolerle la tripa. En la novena planta no parecía haber enfermos; el pasillo estaba vacío. «¿En qué habitación se habrán metido los hombres gato? ¿Será este de la máscara también un hombre gato?», pensó.

—¡Fui uno de sus alumnos! —dijo el enmascarado a voz en grito—. Soy Xiao Ju, aquel que se tiró una vez al río para salvar a otro. ¿Es que ya no se acuerda?

—¿Xiao Ju? ¿Puedes quitarte la máscara para que te vea? ¡Así que no habías desaparecido!

Se retiró la máscara y ante el profesor Gu apareció el rostro desconocido y pálido de un hombre de mediana edad. ¿Cómo podía ser el mismo Xiao Ju que desapareció tras tirarse al río? Aquel era un niño simpático, dispuesto siempre a ayudar a los demás. El adulto que tenía delante sufría algún problema en los ojos, velados tras una membrana. Tal vez fueran cataratas avanzadas. Pese a todo, el profesor Gu se emocionó ligeramente por aquel encuentro con un alumno al que en otro tiempo guardó gran cariño.

—Le he estado buscando todos estos años. No hace mucho me encontré con alguien que estaba al tanto de su situación. Me contó que se había refugiado aquí. ¡Este sitio está tan escondido!

Tras decir esto, Xiao Ju agarró del brazo al profesor Gu y le dijo que quería charlar con él un rato en un cuarto. Entraron en una de las habitaciones para pacientes y se sentaron sobre la cama. Las cortinas estaban echadas y la estancia permanecía en penumbra. La polvareda que se levantó de la cama provocó un ataque de tos al profesor Gu que, paciente, se preguntó cuánto tiempo haría desde que alguien ocupó aquella habitación por última vez. Xiao Gu se sentó en la cama de enfrente. El profesor Gu levantó la mirada y lo calibró. Le pareció que aquel hombre de mediana edad se había convertido en una delgada sombra. Lo vio girarse, tumbarse y cubrirse con el edredón polvoriento. El profesor Gu volvió a toser.

—Qué gran felicidad —dijo— compartir habitación con un venerado profesor. Siéntese en mi cama, por favor, y póngame la mano en la frente, ¿quiere? Hace mucho que sueño con este momento.

El profesor Gu posó la mano derecha sobre la frente de Xiao Ju y, como si hubiera recibido una descarga eléctrica, comenzó a temblar. Comprendió que aquel era en verdad Xiao Ju. En otro tiempo persiguieron juntos una hoja roja, mientras charlaban de camino al barranco. Una vez allí, se asomaron y contemplaron abajo los edificios de la escuela secundaria, como los nudos oscuros que forma la madera. Aquel mismo día, el profesor Gu le habló a Xiao Ju de la enfermedad que padecía en secreto.

Llamaron varias veces a la puerta. El profesor Gu hizo el amago de levantarse y abrir, pero Xiao Ju lo detuvo.

—¿Quién puede ser? —preguntó el profesor Gu.

—No haga caso. Son los médicos. Llaman varias veces para asegurarse de que no hay nadie dentro y luego se van.

En efecto, el profesor Gu oyó los pasos de varias personas dirigiéndose en ese momento a la planta de abajo.

—¿No estás incómodo, aquí tumbado en mitad de una montaña de polvo? —preguntó a Xiao Ju.

—¡Pero si se está en la gloria, profesor Gu! Póngame la mano en la frente, ¿quiere? ¡Ah, no sabe cuánto se lo agradezco! ¡Qué tranquilidad! Han venido corriendo tres gallinas pintadas[3].

Haciendo memoria, el profesor Gu logró al fin recordar la última conversación que habían mantenido. Xiao Ju le contó que también él padecía una enfermedad. Le dijo que tenía un orificio de nacimiento en el lado izquierdo del pecho por el que le asomaba el corazón, y que podía verlo latir. Solía cubrirlo con una gasa que fijaba bien con esparadrapo. Explicó al profesor Gu que no creía que aquella imperfección supusiera un gran problema e incluso añadió, inocente: «¡Ya ve que vivo perfectamente!». Luego ocurrió lo del salvamiento. Se tiró al río y no volvió a salir. ¿Era posible que aquella visita al hospital no supusiera más que una excusa y que el verdadero motivo fuera que su vida se terminaba?

—¿Dónde estabas cuando me instalé junto al bosque de arces, Xiao Ju?

—¿Eh? ¡Pues en el interior bosque, profesor Gu!

Xiao Ju recomendó al profesor Gu tumbarse también, y el profesor accedió al instante. Una sensación placentera lo invadió por dentro cuando se cubrió con el polvoriento edredón de algodón. Entonces oyó los ruidos que salían de su propia habitación en la quinta

---

[3] Literalmente, «gallinas de carrizo», una raza de gallinas natural de la región china de Shandong cuyo plumaje entremezcla el blanco y el negro. Se valora en alimentación por sus cualidades nutritivas. *(N. de la T.)*

planta. Un enjambre de médicos y enfermeras buscaba algo. ¡Resultó que buscaban al viejo Lei! Decían no encontrarlo por ninguna parte, pese a haberlo atado a la cama. Para colmo, el viejo les había tomado el pelo y les había dejado, en su lugar, una cobaya amarrada. ¡Menudo era el viejo Lei! El profesor Gu escuchó las discusiones de los médicos y los maullidos que se elevaban desde el pasillo de la quinta planta. Eran maullidos familiares que el profesor Gu atribuyó a un hombre gato que permanecía a su lado día y noche. ¿No sería el viejo Lei un hombre gato? ¿O quizás fueron los hombres gato quienes liberaron al viejo Lei? El profesor Gu recorrió la habitación con la mirada y se extrañó ante su frialdad. Cuando se encontraba abajo solía creer que la última planta sería de lo más animada, que allí era donde probablemente se ocultaban los hombres gato. En cierta ocasión, un auxiliar lo llevó en silla de ruedas a la terraza de la planta novena y creyó que había llegado su hora. El corpulento empleado del hospital lo paseó por la terraza y lo invitó a mirar abajo. Él echó unos cuantos vistazos, y un torrente turbio le inundó la mirada. Del interior del edificio surgieron entonces toda suerte de gritos estridentes, como si se acabara el mundo. Al final, profiriendo insultos y maldiciones, el tipo lo condujo hasta la planta de abajo, de vuelta a su habitación. Aparte del profesor Gu, otros cinco enfermos ocupaban el cuarto. Cuando el profesor entró por la puerta, todos se pusieron de pie y lo reverenciaron con miradas de admiración. Entre ellos había un joven de nombre Bei Ming, que le dijo: «¡Esto es como ganar la lotería!». Pasó el resto del día flotando entre cumplidos de unos y otros.

—Profesor Gu, ¿ha visto mi máscara? —preguntó Xiao Ju—. Estoy seguro de haberla olvidado en la escalera. Solo he venido a verlo a usted. No puedo ver a nadie más.

Aunque lo meditó durante largo rato, el profesor Gu siguió sin entender por qué Xiao Ju tenía que ponerse la máscara para no ver a nadie. Deseaba preguntarle qué le había ocurrido después de desaparecer, pero no fue capaz de abrir la boca. Temía que fuera como preguntarle a su alumno: «¿Dónde fuiste después de morir? ¿Qué extrañas cosas viste?». No, no fue capaz de decir nada. Descansó ambas manos sobre el vientre y comprimió varias veces la ascitis en su interior. Rememoró los inicios de la enfermedad, cuando le parecía «haberse quitado un peso de encima». Luego se mudó animado a la ladera del bosque de arces y allí vivió días felices. En otoño, las hojas rojas lo embriagaban. Nunca sintió una emoción más plena. En los momentos más bonitos, llegó a ver águilas. El otoño era largo. «El otoño dura una eternidad», se decía. En ocasiones lo visitaban amigos, aunque ninguno de ellos era a quien él esperaba ver. Entonces no lo sabía; ahora, tendido en la cama, comprendió al fin que a quien había ansiado ver de verdad era a aquel estudiante desaparecido. Al recordarlo, la ascitis del vientre emitió un sonido agradable y una sensación placentera se propagó por todo su cuerpo.

El profesor Gu oyó cómo liberaban de la cama del viejo Lei a la cobaya, que nada más tocar el suelo puso pies en polvorosa y salió disparada del cuarto. Los de las batas blancas se miraron unos a otros. «Quién iba a imaginarlo...», susurró alguien. El profesor Gu pensó que era posible que sí lo hubieran imaginado. A una persona como el viejo Lei no la doblegaba nada. Incluso el tipo que había saltado por la ventana la noche anterior solía hacer caso a todas las indicaciones que le daba el viejo Lei.

Xiao Ju roncaba apacible, durmiendo en la cama de al lado. «Qué tranquilo se lo ve», pensó el profesor Gu, «ni siquiera se inmuta con el jaleo que hay montado ahí abajo». El profesor Gu quería saber cómo iba Xiao Ju de su enfermedad y se propuso esperar a que despertara para interrogarle. Aunque lo vio saltar al río helado con sus propios ojos, no se atrevía a preguntarle cómo había logrado su corazón revivir después de haber permanecido sumergido en el agua gélida. Solo quería saber cómo se encontraba ahora. Su rostro, ya entonces blanco como la cal, seguía igual que estaba, por lo que era difícil valorar la enfermedad solo por el semblante. Su aspecto había cambiado, pensó, pero conservaba aquel carácter tranquilo de siempre. Es posible que actuara con tanta seguridad porque podía verse el corazón. Se diría que incluso aquel salto al río helado lo había dado siendo por completo dueño de sus actos.

—Xiao Ju, el año que viene iremos juntos a ver las hojas rojas, ¿quieres? —el profesor Gu habló al vacío.

Un maullido atravesó la puerta de la habitación. Era el viejo Lei, que hablaba con los suyos. Se confirmaba así que el viejo Lei era, en efecto, un hombre gato. Fuera parecía haber tres personas. ¿Por qué no entraban? Los de las batas blancas de la quinta planta también estaban subiendo, pero el viejo Lei y los otros no los tenían en muy buena estima. El profesor Gu los oyó referirse a ellos como «basura».

Con todo, una vez subieron los médicos, no se produjo ningún enfrentamiento entre ellos y el viejo Lei. El profesor Gu los escuchó urdiendo algo juntos; algo con lo que el propio profesor Gu estaba muy familiarizado y en lo que él mismo había participado en cierta ocasión, aunque ya lo había olvidado por completo. ¿Qué era? El profesor Gu sintió que no tenía fuerzas para describirlo con palabras. El grupo entró en la habitación de enfrente y cerró la puerta. Al hacerlo, pilló una pata a la cobaya, que lanzó un grito cruel. Alguien se volvió para dejar entrar a la cobaya curiosa.

El profesor Gu encontró una linterna debajo de la almohada. Era posible que la hubiera dejado allí otro enfermo. Lo invadió un soplo de entusiasmo y, con la linterna en ristre, se acercó a la cama de Xiao Ju. Confirmó que dormía profundamente, retiró el edredón y le apuntó al pecho con el haz de luz. Xiao Ju estaba medio desnudo bajo el edredón y el profesor Gu pudo ver el latir de su corazón al instante. Por algún motivo que desconocía, el corazón de Xiao Ju era de un blanco lechoso y latía mucho más despacio que el de la gente normal. Atisbando por el orificio, el profesor Gu vio que el corazón latente cambiaba de pronto de posición, moviéndose arriba y abajo. ¡Qué cosa tan extraña!

—Profesor Gu, así es ahora mi corazón—. Xiao Ju abrió los ojos y le habló en tono de disculpa.

—Xiao Ju, ¿has oído la reunión secreta de la habitación de enfrente? ¿De qué están hablando?

Xiao Ju agarró la linterna y apuntó a la puerta. El profesor Gu dirigió hacia ella la mirada y vio a un médico de pie. No era uno de los médicos que hacían la ronda por las habitaciones; el profesor Gu no lo había visto nunca. El médico levantó la mano para protegerse de la luz:

—Qué bien que estéis aquí. Así podremos asistiros en cualquier momento.

Dicho esto, salió y cerró la puerta tras él. Xiao Ju dejó escapar una risita y comentó al profesor Gu que aquel hospital era «muy interesante». A continuación, se puso la chaqueta negra y se volvió a colocar la máscara. El profesor Gu le preguntó dónde la había encontrado y el otro contestó que al final no la había perdido, que la había estado llevando todo ese tiempo colgada del cinturón, pero que se le había olvidado. Vestido y enmascarado, dijo al profesor Gu que quería «asistir a la reunión». El profesor salió con él. El corazón le latía con fuerza, tenía el presentimiento de que la verdad saldría a la luz. Le temblaban las manos.

Xiao Ju se presentó en la habitación con la máscara pintada y todas las miradas se volvieron al unísono hacia él. Las cortinas estaban descorridas y la luz entraba a raudales. El profesor Gu se fijó en que, entre los allí presentes, no había médicos. Tampoco estaba el viejo Lei. Eran todos los conocidos más íntimos que se pueda tener, familiares y amigos, aunque en ese momento era incapaz de articular el nombre de ninguno de ellos.

Alguien empujaba una silla de ruedas. El profesor Gu tuvo la impresión de que era para él, pero entonces Xiao Ju se le adelantó y se sentó. Xiao Ju parecía muy frágil sentado en la silla de ruedas. El profesor Gu sintió algo de envidia, puesto que la silla de ruedas solía estarle reservada a él. Dos tipos robustos empujaban a Xiao Ju. El profesor Gu creyó que iban a salir y se apartó al momento para cederles el paso, pero no salieron, solo se limitaron a dar vueltas en círculo por la habitación vacía. Xiao Ju sostenía algo con las dos manos en el aire y un rictus de concentración en el rostro. Mientras tanto, las personas de alrededor lo animaban. En este momento, el profesor Gu dirigió la mirada hacia la ventana y vio la profusión de hojas rojas revoloteando. Sorprendido, se sentó en el suelo. ¿De dónde habían salido todas aquellas hojas rojas en pleno invierno? Alumbradas por los rayos del sol, parecían llamaradas ardiendo.

Ahora, la gente recorría la habitación en círculos, detrás de la silla de ruedas. El profesor Gu ocupaba el último puesto. El sonido de los pasos de todas aquellas personas sonaba acompasado. El profesor Gu puso atención y percibió en ellos un patrón ensimismado. A fuerza de caminar, el profesor Gu dejó de mirar por la ventana. En mitad del círculo, una sombra se hacía cada vez más grande, engullendo a los presentes en su espesura. Xiao Ju agarró algo del aire con las manos, se quitó la máscara y acercó la nariz para olerlo.

—¡Profesor Gu, profesor Gu, está aquí! —estaba al borde de las lágrimas.

—¿Qué es? ¿Un niño? —preguntó el profesor Gu.

—¡Es lo que saqué cuando me tiré al río!

Los pasos se volvieron caóticos al instante. En la densa mancha oscura, el profesor Gu no podía ver los rostros de los demás ni el paisaje al otro lado de la ventana. Sin embargo, oía a Xiao Ju llamándolo y las ruedas de la silla girando. Los dos tipos robustos habían desaparecido, pero la silla continuaba deslizándose sola. Lo envolvió una ráfaga de viento negro que lo separó del resto. Desde el pasillo, el profesor Gu seguía oyendo los gritos de Xiao Ju:

—¡Profesor Gu, está aquí!

Cuando el profesor Gu descendió, los maullidos recorrían el hospital: las habitaciones de los enfermos, la sala de guardia, el cuarto del depósito de agua hervida, los retretes... Los gatos estaban por todas partes, maullando como locos. Pero el profesor Gu sabía que no eran gatos, sino los hombres gato que se escondían allí. Tal vez la llegada de Xiao Ju los solviviantara. Llevaba mucho tiempo ingresado y nunca los había visto tan enajenados. Xiao Ju debía ser un personaje importante. Si no hubiera sido por él, los hombres gato solo estarían un poco agitados y el paisaje de hojas rojas nunca se habría aparecido en pleno invierno, al otro lado de la ventana. Estaba a punto de llegar a la quinta planta cuando percibió un olor al Lysol que lo dejó somnoliento. Entonces se le ocurrió que, tal vez, aquel que saltó la noche anterior por el balcón gritaba lo mismo que Xiao Ju: «¡Profesor Gu, profesor Gu, está aquí!», aunque la limpiadora solo captó su nombre.

MOVIMIENTO VERTICAL

Somos unos animalillos que habitan la tierra negra del subsuelo del desierto. Los hombres de la superficie terrestre ni se imaginan que a varias decenas de metros de profundidad, bajo la arena infinita y amarilla, existe un vasto manto de suelo fértil que rebosa humus. En él habita, desde hace muchas generaciones, nuestra especie. Carecemos de ojos y de sentido del olfato, pues de nada nos servirían en esta tierra cálida, y llevamos una existencia sencilla: excavamos con nuestro largo pico, engullimos la tierra y sus nutrientes y, finalmente, defecamos. Vivimos en la más absoluta felicidad gracias a los ricos recursos de nuestro hogar, que nos permiten a todos satisfacer necesidades alimentarias sin conflictos. Yo, al menos, no he tenido noticia de que se hayan producido.

En los ratos de ocio nos reunimos a recordar las historias de nuestros ancestros, comenzando por los más antiguos y prosiguiendo de forma ordenada. Son recuerdos alegres, de un extraño sabor entre dulce y salado e impregnados de resina de damar, que crepitan al masticarlos. Hay entre esos recuerdos un paréntesis en blanco; una historia difícil de narrar. A grandes rasgos, ocurrió que uno de nuestros mayores (aquel que tenía el pico más largo de todos nosotros) traspasó de pronto la frontera al excavar y se perdió en la capa superior de desierto. Nunca más regresó. Cuando su recuerdo afloraba, se guardaba silencio y yo percibía el terror que todos sentían.

Hemos conseguido reunir información abundante acerca de los hombres de la superficie, pese a que ninguno de ellos ha llegado hasta las profundidades en las que nos encontramos. No sé por qué medios se habrá podido obtener esa información; dicen que es un misterio relacionado con nuestra fisiología. Soy un ser alargado y de constitución media, corriente en todos los sentidos. Como el resto, excavo la tierra a diario y la expulso luego en forma de excrementos. Con lo que más disfruto es recordando a nuestros ancestros. Sin embargo, cuando duermo, me asaltan sueños bizarros. Sueño con hombres y con el cielo de arriba. Los hombres con los que sueño son animales inquietos, rugosos al tacto. Envidio enormemente sus extremidades desarrolladas. Bajo tierra, nuestras piernas y pies no son más que vestigios, de modo que nos movemos a fuerza de serpentear y retorcernos. Nuestra piel es extremadamente suave y sufrimos heridas con facilidad.

Por lo general, cuando se habla de los hombres de arriba, suele ser en los siguientes términos:

«Si se penetra en los confines de la arena amarilla, se pueden oír los cencerros de los camellos. Me lo contó mi abuelo, aunque no tengo ninguna intención de llegar hasta allí».

«Los hombres se reproducen a gran velocidad. Dicen que son muchísimos, que han acabado ya con todo cuanto se puede comer en la superficie y que ahora se están comiendo la arena. Es terrorífico».

«Si no pensamos en esos hombres, con los que compartimos cielo y tierra, ¿no es como si no existieran? Ya nos acordamos y sabemos lo suficiente de ellos, no hace falta continuar averiguando cosas».

«La arena sobre nuestras cabezas apenas tiene más de diez metros de grosor. Para animales como nosotros, que habitamos profundidades tibias y húmedas, un lugar así representa la última frontera. Una vez estuve cerca y llegué a abrigar el deseo de seguir ascendiendo. Hoy, me gustaría poder recordar todo aquello».

«Hubo un tiempo en el que el reino de la tierra negra no existía, y luego existió. Hubo un tiempo en que no existió ni el más anciano de nuestros antepasados, y luego existió. Como también existimos nosotros. A veces pienso que uno de nosotros debería arriesgarse y probar. Puesto que desconocemos nuestro origen, nuestra misión debe entrañar riesgos».

«Yo también me quiero arriesgar. Hace poco dejé de comer para cambiar mi composición corporal, resbaladiza y sudorosa. Me aterra pensar que la arena pueda tener varias decenas de metros de grosor, pero cuanto mayor es el miedo, más ansío alcanzarla. Seguro que una vez allí pierdo el sentido de la orientación. Creo que nuestro sentido de la orientación depende de la gravedad. ¿También hay gravedad en la superficie? Me preocupan tantas cosas...».

«Recordamos toda la historia, todo cuanto ha ocurrido. ¿Por qué solo hemos olvidado el incidente del anciano del pico largo? Siempre he creído que seguía vivo, aunque no puedo recordar nada de él. Es como si solo recordáramos lo que ocurre en nuestro hogar, como si abandonarlo supusiera ser borrado por completo de la historia».

«Cuando estoy tranquilo me asalta un pensamiento extraño y deseo que nuestro colectivo me olvide. Sé que aquí será imposible que suceda algo así. Aquí, cada palabra y cada gesto quedan grabados en la memoria de todos, para ser transmitidos de generación en generación».

«Creo que podría lograr que mi piel se tornara rugosa. Bastaría con entrenar duro a diario. Últimamente intento restregarme y chocarme contra las asperezas del suelo para sangrar y formar luego costras. Tengo la impresión de que está funcionando».

Conviene señalar que nosotros, a diferencia de los hombres de arriba, no nos reunimos en un mismo espacio abierto. Nuestro reino de la tierra negra es compacto y carece de huecos. Cuando nos reunimos, ya sea por placer o para tratar algún asunto, seguimos estando separados por la tierra, que es, por otra parte, una excelente transmisora de ruidos. Basta con que emitamos el sonido más leve para que todo el mundo lo oiga. A veces ocurre que, excavando, alguno choca con otro cuerpo, lo que provoca el desagrado de ambos. ¡La verdad es que evitamos todo tipo de contacto físico con nuestros congéneres! Se dice que los humanos de arriba se reproducen mediante el coito. Nuestra forma de perpetuarnos es asexual y por completo distinta. ¿Cómo será eso del coito? Carecemos de información detallada al respecto. En ocasiones me imagino revolcándome con uno de mi misma especie y me dan tantas náuseas que me pongo a gritar.

* * *

Cuando dejamos de excavar, permanecemos completamente quietos. Al igual que algunas larvas, soñamos en la tierra negra. Sabemos que todos nuestros sueños son similares, aunque nunca se han entremezclado. Aquí cada cual sueña lo suyo. Durante esos letargos, me adentro en las profundidades del barro y acabo fusionándome con él, hasta que solo sueño con barro. Me encantan los largos que permiten descansar de verdad.

No obstante, cuando el tiempo se alarga demasiado, comienzo a sentir un poso de insatisfacción, y es que convertirme en barro en el sueño me impide sentir la felicidad que más ansío.

En cierta ocasión nos reunimos para hablar de nuestros sueños y, cuando terminé de relatar el mío, rompí en un llanto desesperado. ¿Qué tipo de sueño era aquel, cada vez más y más negro, hasta que yo mismo me convertí en tierra negra? En mitad del sueño, intentaba decir algo, pero mi boca había desaparecido. Uno tras otro, todos me consolaron, citando ejemplos de antepasados que demostraban la legitimidad de nuestra existencia. Aunque paré de llorar, sentí que algo frío se apoderaba de mí y que ya no sería capaz de abrazar el mismo optimismo con el que había vivido hasta entonces. Luego, incluso cuando estaba trabajando, notaba la tierra, pesada y negra, oprimiéndome el corazón. Hasta el pico, rígido, comenzó a reblandecerse y a dolerme con frecuencia. Deseaba soñar y descansar, pero al mismo tiempo temía la apatía del despertar y perder las ganas de vivir. Me había poseído algún espíritu. Pensé que seguiría los pasos de aquel antepasado desaparecido, que también yo me desvanecería en la inmensidad de la arena amarilla.

Durante un tiempo, adelgacé y sudé con mayor facilidad. Temí acabar enfermando a causa de mi estado de ánimo. Cuando excavaba, oía a mis compañeros alentándome, pero no sé por qué, no conseguía animarme.

Al contrario, me daba lástima a mí mismo. En uno de los descansos, uno de los ancianos me habló de mi padre muerto. Tenía una voz bonita, como un zumbido —zzzz, zzzz—, parecido al que la tierra negra emite a veces. Yo lo llamo nana. Me contó que mi padre abrigaba un último deseo antes de morir, que no fue capaz de expresarlo y que, como el resto no tenía costumbre de indagar, no quedó registrado en la historia de nuestra memoria. En sus últimos momentos, mi padre comenzó a dejar escapar un sonido extraño que el anciano logró oír con claridad por ser quien se encontraba más cerca. Me dijo que mi padre quería estudiar el vuelo de las aves en el cielo, que lo supo nada más oír su voz.

—Entonces, ¿quería convertirse en un ave? —pregunté.

—Creo que no, que su objetivo iba más allá.

Conversamos largo y tendido sobre cuál podría haber sido el último deseo de mi padre. Hablamos de tormentas de arena, de lagartos gigantes, de un oasis que existió y de aquella pequeña revuelta que sacudió a nuestros antepasados más lejanos, consecuencia de la escasez de alimento que tuvo lugar cuando la composición del suelo se vio alterada. Con cada nuevo tema que sacábamos, yo tenía la sensación de acercarme a ese último deseo, pero la conversación prosiguió y cada vez nos alejábamos más. Con todo, yo me negaba a resignarme.

Lo que aquel anciano me contó, consiguió levantarme el ánimo. ¡Así que tuvo un último deseo! Cuando pensaba en ello, el vacío que sentía por dentro parecía mitigarse.

—¡M!, ¿estás cavando?

—¡Así es!

—Estupendo. Nos tenías a todos preocupados.

Todos esos amigos, compañeros, parientes y confidentes eran encantadores. Si no fuera uno de ellos, ¿de quién sería? ¡Mi hogar era apacible y la tierra blanda me sabía a gloria! Sentí que había madurado, que entendía mejor las cosas. Todavía conservaba una leve molestia en el pecho, pero la enfermedad había abandonado mi cuerpo. Y, sin embargo, no podía obviar el cambio. Me había convertido en alguien distinto. Abrigaba un vago plan que ni yo mismo era capaz de explicar.

Seguí comportándome como los demás: trabajo, descanso, trabajo, descanso... Me llegaban noticias de que en nuestro hogar habían acontecido algunas novedades, que nuestra población se había reducido, que el deseo de reproducirse había decaído, que cierta extraña queja se propagaba entre nosotros, que... Hacía poco que había surgido un nuevo pasatiempo: medir la longitud de los picos con el ancho de nuestros dedos vestigiales. «¡Jeje, el mío mide tres dedos!». «¡Pues el mío cuatro!». «¡El mío es más largo, cuatro y medio!». Aunque el ancho de los dedos varía en cada uno de nosotros, esta actividad entretenía a todo el mundo. Así descubrí que mi pico era más largo que el de cualquiera de mis congéneres. ¡¿Sería en realidad aquel anciano perdido algún antepasado mío?! El descubrimiento hizo que un sudor frío me recorriera el cuerpo. Guardé el secreto.

—M, ¿cuánto te mide el pico?

—¡Tres dedos y medio!

Adopté una postura vertical y comencé a avanzar hacia arriba sin detenerme. Todo el mundo se percató de este cambio de comportamiento. Sentí cómo el pánico cundía a mi alrededor. Los oí comentar: «¡¿Y ese?!». «¡Pero qué miedo, qué horror!». «Creo que la tierra se está sacudiendo, ¿es que va a ocurrir algo?». «M, contrólate». «¡El movimiento vertical no forma parte de nuestra naturaleza!».

Lo oí todo. Estaba haciendo algo peligroso, pero ya era demasiado tarde para detener mi avance. Ascendí y ascendí, afanándome hasta que caí rendido, desfallecido. Entonces, me dormí. No soñé con nada, y aquel sueño profundo pareció una suerte de muerte, sin confusión ni sufrimiento, cuya duración desconozco. Al despertar, mi cuerpo prosiguió su ascenso, como impulsado por un reflejo condicionado.

* * *

No tardé mucho en darme cuenta de que en torno a mí reinaba un silencio sepulcral. Tal vez se apartaron de mí adrede, pues todavía estaba lejos de la frontera y es imposible que en el lugar en el que me hallaba no existiera ningún otro de mi especie. Era la primera vez en toda mi existencia que me encontraba rodeado de una quietud absoluta. Sobre mi cabeza sentía en todo momento la presencia de dos cosas grandes y muy negras, más negras seguramente que la propia tierra negra. Me dio la impresión de que eran muy pesadas, imposibles de traspasar. Por extraño que pudiera parecer, cuando yo avanzaba excavando, ellas retrocedían, por lo que no llegaba a tocarlas. ¿Sería catastrófico que mi pico entrara en contacto con ellas? Por momentos se entremezclaban, formando una masa enorme, y otros se dispersaban. Rechinaban —ñic, ñic— cuando se unían, y emitían un gruñido de descontento cuando se separaban. Decidí no prestarles atención y continué avanzando como si no estuvieran. Sentí que no moriría, que tal vez estuviera cumpliendo el último deseo de mi padre.

Pasó un tiempo. Perseveraba en un silencio sepulcral y dormía profundamente en ese mismo silencio. Prestaba gran atención a controlar mi estado de ánimo y evitar pensar demasiado. Sabía que me acercaba a la frontera. ¡Ay, casi se me olvidaron aquellas dos cosas negras! ¿No las habría confundido conmigo mismo? Me estaba acostumbrado a todo. Por supuesto, también tuve momentos de debilidad. Cuando me asaltaban, mis entrañas emitían un lamento: «¡Padre, padre, tu último deseo es un agujero negro terrible!». Acompañaba al lamento la falsa ilusión de que la capa de tierra negra me estrujaba como si quisiera aplastarme, e incluso llegué a sentir, ocultos en las dobleces del barro, los cadáveres de los antepasados despidiendo pequeños destellos fosforescentes. Las alucinaciones, sin embargo, no duraban demasiado. No soy de los que se recrean en la sensiblería. La mayor parte del tiempo me atenía al plan y subía más y más arriba.

Sentí que, desde que me movía en vertical, mi vida era más ordenada: trabajar, dormir, trabajar, dormir... Gracias a este orden, comencé a pensar de forma diferente. En el pasado disfrutaba dejándome llevar por interminables ensoñaciones sobre la tierra negra, los ancestros, mi padre, el mundo de arriba y cosas por el estilo. Soñar despierto era una forma de relajarse, de pasar el tiempo, la más exquisita de las resinas. Luego, la cosa fue del todo distinta. Mis ensoñaciones dejaron de ser interminables; parecían tener un propósito. El asunto era como sigue: en cuanto paraba a descansar, las dos cosas negras que tenía encima me insinuaban el camino y guiaban mi atención. ¿Qué es eso que hay ahí arriba? Cuando meditaba, oía un ruido extraño en su interior, como si se tratara de una caja china, como si en una antigua montaña de la superficie, alguien tocara una caja china y su sonido se propagara hasta el subsuelo en el que habitamos. Prestaba atención, pensando en las dos grandes cosas negras de arriba. Cuando me abstraía en ellas, el compás de la caja china cesaba de pronto y era sustituido por el ruido que los bichos producimos al adentrarnos en la tierra, como un montón de bichos. Entre los ruidos oía siempre una voz que me pareció haber escuchado en el pasado. ¡Ay, aquella voz! ¿No era acaso igual que la que escuché a menudo, poco después de desprenderme del cuerpo de mi padre? Visto así, mi padre seguía entre nosotros, dándome una estabilidad, confianza y entusiasmo muy particulares. Aquí se abría un nuevo espacio para la imaginación. Reparé en que me gustaba mi nueva vida. Que todo cuanto haces parezca perseguir el objetivo que te has marcado, que tu pico avance sin cesar hacia ese algo en el que has puesto todo tu interés, ¿no es esto, acaso, la felicidad? Por supuesto, tampoco le daba demasiadas vueltas a este asunto; sencillamente me encontraba satisfecho con mis nuevas circunstancias.

En realidad, lo que tenía encima no eran dos cosas negras. Poco a poco fui dándome cuenta de que se componían de diferentes capas. Así es. No se trataba de un bloque compacto y negrísimo, sino de un ente formado por infinitos niveles de diferentes tonalidades que, además, mutaban continuamente. Cuanto más me acercaba a la frontera, más claro y delgado se me figuraba su centro, como si la luz lo traspasara. Sí, mi piel estaba a punto de sentir la luz, eso de un rojo tenue y algo cálido. En cierta ocasión, excavando con ímpetu, tuve la sensación de perforar el centro de las cosas y hasta oí un «¡paf!». Sentí tanto entusiasmo como terror. Luego, pasado un rato, me di cuenta de que no había ocurrido nada, de que seguían encima de mí, en perfecto estado. Tengo ideas pueriles. ¿Cómo puede haber luz bajo tierra? Las dos cosas se habían vuelto exquisitas, preciosas. Creí oír de nuevo la voz ahogada de mi padre.

* * *

Poco después ocurrió lo siguiente: estaba excavando en sentido ascendente cuando, de repente, se produjo un derrumbamiento. Lo del derrumbamiento fue una conclusión a la que llegué más tarde. En el momento solo sentí que me precipitaba y caía sin saber a dónde. Recuerdo que al principio me encontraba en un estado de excitación desde el que oía vagamente los mismos sonidos de nuestras viejas leyendas; es decir, los cantos y las danzas de la gente que se congregaba en la superficie. En ese momento pensé, ¿cómo se pueden reunir en el desierto? ¿O es que no es un desierto eso que hay arriba? Justo entonces, las dos cosas negras que tenía encima comenzaron a emitir luz de verdad, aunque lo cierto es que esto que cuento no es más que una suposición, pues no soy capaz de percibir la luz. El resplandor en cuestión no era rojo claro ni amarillo ni naranja, sino algo imperceptible incrustado en el interior de las dos cosas. El ritmo de los instrumentos musicales sonaba cada vez con más ímpetu, con más intensidad. Arremetí hacia arriba con todas mis fuerzas y... sobrevino el derrumbamiento.

Me sentí apesadumbrado, pues creía que la caída me había llevado de vuelta al punto de partida de mi ascenso vertical. Sin embargo, al cabo de un largo rato, reparé en el silencio que me rodeaba. De modo que, debajo del desierto, existía otro reino más. ¿Sería un reino muerto? El ambiente era muy seco y el suelo difería de la tierra negra de siempre. De pronto comprendí que aquello no era tierra, sino arena. ¡En efecto, aquella era arena informe! Estaba seguro de que me había precipitado hacia abajo. ¿Cómo había llegado a aquel sitio? ¿Puede la gravedad alterar su sentido? No quise darle más vueltas. Me puse manos a la obra al instante. El trabajo era lo único que me aportaba estabilidad, confianza y tranquilidad.

Comencé a excavar, de nuevo, en sentido ascendente y vertical. Moverse por el desierto es muy diferente a hacerlo por el barro. En la tierra negra, uno es consciente del camino que va abriendo y va dejando un surco en los lugares que atraviesa. En cambio, la arena implacable se lo traga todo. Es imposible dejar huella, del mismo modo que no hay manera distinguir una dirección de otra. Como es natural, en esta nueva existencia me bastaba con hacer movimientos verticales, pues mi cuerpo seguía siendo muy sensible a la gravedad. Este tipo de trabajo era mucho más duro que el de antes y también más estresante. Del sabor de la arena ni hablamos; todo lo que puedo decir es que era pasable. El estrés se debía al miedo a equivocarme y perderme. Tenía que mantenerme atento a cada instante para sentir la gravedad, pues era el único modo de saber que estaba siguiendo una trayectoria vertical ascendente. La arena obstruía tanto mis sentidos que me costaba saber si me estaba moviendo. Mis sentidos se habían plegado hacia dentro. Ya no había caminos ni rastros, tan solo un sutil latido en las entrañas y un puñado de débiles destellos en la cabeza.

Entonces, ¿estaba estirándome y contrayéndome en el sitio, o avanzando hacia arriba? ¿Me estaba hundiendo? ¿Había alguna forma de saberlo? Por supuesto que no. La situación era la siguiente: cada cierto tiempo, me estiraba y me encogía, y tenía la sensación de estar ascendiendo. Sobra decir que la arena opone mucha menos resistencia que el barro, pero es precisamente esa mínima resistencia la que dificulta las cosas. No hay puntos de apoyo y es imposible valorar los resultados del esfuerzo. Cabe incluso la posibilidad de que esos resultados sean nulos. Después de cada esfuerzo, comía un poco de arena y, acto seguido, me sumía en un sueño que más parecía una muerte. Mi piel se agrietaba y se cerraba, para volver a agrietarse de nuevo, haciéndose cada vez más gruesa. Los hombres de arriba tienen una piel muy gruesa. ¿Habrían pasado por un proceso similar al mío? ¡Ah, el silencio, la aridez! Eran soportables una temporada, pero ¿en qué se diferenciarían de la muerte si duraban para siempre? La intranquilidad comenzó a aflorar lentamente. Me acordé de aquel que desapareció. ¿Viviría aún? Tal vez los dos estuviéramos vivos y no muriéramos jamás. Quizás ambos permaneceríamos enterrados en esta arena amarilla, dedicándonos cada cual a lo nuestro, sin encontrarnos jamás. Me convulsionaba al pensarlo. Me ocurrió muchas veces.

La última fue terrible. Llegué a creer que me moría. Sentí las montañas. Las montañas eran esas dos cosas negras que solía tener encima y que, tras desaparecer durante un tiempo, regresaron. Encima de mí, ejerciendo cierta presión, aunque no llegaron a aplastarme y matarme. Sencillamente estaban ahí, suspendidas. Aquel ataque cesó al momento. Cuando remitía, acabé perdiendo la conciencia que tan agitada notaba al principio.

Di un salto, haciendo de tripas corazón y las montañas se volvieron al instante tan finas como dos hojas. Como las hojas del parasol chino, ese tipo de árbol que existe en la superficie. Las sentí flotar. Para mí, aquello fue un milagro. Entusiasmado, salté de nuevo con todas mis fuerzas y las dos hojas se convirtieron en cuatro. ¡Eran cuatro, sin duda! Oí el sonido que cada una de ellas emitía, ese mismo eco dorado de las leyendas, y comprendí que no me había perdido, que iba por el buen camino. Las hojas doradas no tardarían en quebrarse y entonces vería la luz. Cierto, no tengo ojos, pero esto no me impide *ver*. ¡Yo, un bicho del subsuelo, viendo la luz! ¡Ja!... Espera un momento, ¿cómo podía ser? ¿Sería una vivencia real de este cuerpo plagado de cicatrices e insatisfecho? ¿O sería un espejismo? ¿Quién me garantizaba que no moriría en el mismo instante en el que asomara a la superficie? Me negaba a seguir dándole vueltas a estas preguntas. Lo único que quería era continuar sintiendo las hojas de parasol chino. Esas hojas doradas y eternas, y la fresca brisa de la tierra soplando entre ellas...

Perdí el conocimiento. Cuando desperté, oí la arena zumbando a mi alrededor. En mitad del zumbido, una voz avejentada y grave me dijo:

—M, ¿todavía te sigue creciendo el pico?

¿Quién era? ¿Era él? ¿Quién si no? ¿Cuánto tiempo había pasado? Este desierto... ¿Qué había ocurrido?

—¡Ah, sí! ¡Mi pico! Disculpe, anciano, ¿dónde estoy?

—Te encuentras en la capa más superficial de la corteza terrestre. Aquí está tu nuevo hogar.

—¿No puedo atravesarla? ¿Quiere decir que, en el futuro, solo podré moverme en esta arena amarilla? ¡Pero si ya me he acostumbrado al movimiento vertical!

—Aquí uno solo se puede mover en vertical. No te preocupes. Sobre la arena hay más arena.

—¿Quiere decir con eso que nunca podré atravesarla del todo? Entiendo. Usted ya lo ha intentado. ¿Cuánto tiempo lleva aquí? Seguro que mucho. No podemos calcularlo, pero sabemos que se perdió hace mucho, mucho tiempo. Querido anciano, jamás habría imaginado, jamás, que en este... ¿Cómo lo diría?... Que en esta frontera última, me encontraría con usted. Si mi padre..., ay, no puedo nombrarlo. Si lo nombro, volveré a desmayarme.

No dijo nada más. Oí su voz lejana —chsss, chsss, chsss...—. Excavaba en la arena con su largo y anciano pico. Los líquidos me bullían dentro del cuerpo. Qué extraño que, después de tanto tiempo en un lugar tan seco, en mi interior siguiera habiendo líquido. También lo había en el cuerpo del anciano, o así lo intuí por su voz. ¡Un verdadero milagro! Se marchó por encima de mí. Seguro que vio las hojas de parasol chino.

¡Ja! ¡Regresó! ¡Qué maravilla, tenía un compañero! ¡Alguien con quien relacionarme! Poco a poco, la arena dejó de darme tanto miedo. ¿Quién sería?

—Anciano, ¿es usted aquel que desapareció?

—Soy un espíritu errante.

Qué bien. Hablaba y alguien me respondía. ¿Cuánto tiempo hacía que no me pasaba? Tenía un compañero que hacía lo mismo que yo, que vivía, al igual que yo, en este desierto... El último deseo de mi padre fue que viniera a buscarlo, ¡estoy seguro!

* * *

No soy más que un animalillo hundido en el desierto. Vivo aquí enterrado porque así lo he querido. En esta franja de tierra, fantaseo con las hojas de parasol chino de la superficie, aunque no he olvidado a mis congéneres de la oscuridad.

LA CABAÑA DEL MONTE

En el monte baldío de detrás de nuestra casa hay una cabaña de madera.

Ordeno los cajones todos los días. Cuando no los estoy ordenando, me siento en un sillón, descanso ambas manos sobre las rodillas y escucho. Oigo los rugidos del viento del norte azotando con fiereza la techumbre de corteza de pino de la cabaña y los aullidos de los lobos reverberando en el valle.

—Es imposible mantener los cajones ordenados —dice mi madre, dirigiéndome una sonrisa postiza.

—Estáis todos mal del oído —contengo un instante la respiración antes de proseguir—: Por las noches merodean la casa un montón de ladrones. Cuando enciendo la luz, veo los innumerables agujeritos que hacen con el dedo en la ventana, mientras tú y padre roncáis pesadamente en el cuarto de al lado, con tanto estrépito que los botes brincan en la despensa. Doy una patada en la cama, giro a un lado la cabeza tumefacta y oigo a la persona que hay encerrada en la cabaña, aporreando la puerta con violencia. Los ruidos continúan hasta el amanecer.

—Cada vez que vienes a mi cuarto a buscar algo, me das un susto que me deja temblando. —Mamá me observa con atención mientras retrocede hasta la puerta. Veo cómo se le estremece la mitad de la cara en una mueca ridícula.

Un día decidí subir al monte para averiguar qué ocurría. Me puse en marcha en cuanto amainó el viento y ascendí durante largo rato. El sol brillaba con tanta fuerza que me mareaba y me cegaba; las piedras centelleaban con diminutas llamas blancas. Tosía, deambulando por el monte, mientras el sudor salado de las cejas me goteaba en los ojos. No vi ni oí nada. Cuando regresé a casa permanecí un tiempo de pie frente a la puerta y vi a la persona del espejo con los zapatos manchados de barro y grandes círculos violáceos en torno a los ojos.

—Es una enfermedad —oigo a la familia reírse a hurtadillas en la oscuridad.

Para cuando mis ojos se acostumbran a la penumbra del cuarto, ya se han escondido. Siguen riendo, ocultos. Descubro que aprovechan mi ausencia para poner los cajones patas arriba y esparcir por el suelo polillas y libélulas muertas. Saben muy bien que estas son las cosas que más quiero.

—Te ayudan a ordenar los cajones cuando no estás —me dice mi hermana menor mirándome de hito en hito. El ojo izquierdo se le ha puesto verde.

—He oído aullar a los lobos —le digo, con la intención de asustarla—. Manadas de lobos rodean la casa, corriendo de acá para allá. Hasta introducen las fauces por las rendijas de la puerta. Todo esto pasa en cuanto se hace de noche. Te asustas tanto mientras duermes que un sudor frío te recorre los pies. En esta casa, a todos nos sudan los pies fríos. Mira si no los edredones húmedos, y lo sabrás.

Siento desasosiego porque las cosas me desaparecen de los cajones. Mi madre finge no darse cuenta con la vista baja. Pero yo sé que me mira fijamente el cogote con malicia, porque cada vez que clava la vista en el hueco de mi nuca, se me eriza el cuero cabelludo. Sé que me han enterrado la caja de las fichas de *weiqi* junto al pozo. Ya lo han hecho muchas veces, y todas ellas la he desenterrado en mitad de la noche. Cuando me pongo a excavar, encienden la luz y se asoman a la ventana, mostrándose indiferentes ante mi rebeldía.

—En el monte hay una cabaña —comento durante la comida.

Hunden la cabeza y sorben la sopa ruidosamente, como si no me hubieran oído.

—Un montón de ratas corrían alocadas en el viento —elevo la voz y suelto los palillos— y las piedras del monte caían como en un aluvión, golpeando el muro de atrás. Os llevasteis tal susto que los pies se os cubrieron de un sudor frío. ¿Os acordáis? Basta con mirar los edredones para saberlo. Tan pronto se hace de día, los sacáis a orear. El tendedero está siempre ocupado con vuestros edredones.

Padre me lanza una mirada furtiva, una mirada de lobo que me resulta familiar. Entonces lo entiendo todo: mi padre se convierte cada noche en un lobo más de la manada y merodea la casa lanzando aullidos estremecedores.

—Un blanco tembloroso lo inunda todo —pongo una mano sobre el hombro de mi madre y la sacudo—, es todo tan chillón que se me saltan las lágrimas. No te das cuenta de nada. Pero en cuanto entro y me siento en el sillón, descansando las manos sobre las rodillas, veo con claridad la techumbre de corteza de pino de la cabaña. Está muy cerca, seguro que tú también la has visto. La verdad es que toda la familia la ha visto. No hay duda de que hay una persona encerrada ahí dentro. También tiene dos círculos violáceos en torno a los ojos. Son de no dormir.

—Cada vez que te pones a excavar al lado del pozo y a armar escándalo con las piedras, tu madre y yo flotamos en el vacío. Temblamos y estiramos los pies a un lado y a otro, pero no llegamos a tocar el suelo. —Mi padre aparta la mirada y la dirige hacia la ventana. El cristal está cuajado de moscas—. Las tijeras que se me cayeron están en el fondo del pozo. En sueños me convenzo de que las tengo que sacar. Nada más despertar, sin embargo, me doy cuenta de que estoy confundido, de que no se me han caído ningunas tijeras. Tu madre dice que me equivoco, pero no me resigno. Luego me acuerdo otra vez. Me tumbo, y se me ocurre de repente que es una pena, que las tijeras se pueden oxidar en el pozo, que por qué no iba a sacarlas. Llevo décadas dándole vueltas a esto. Tengo la cara llena de arrugas como cortes de cuchillo. Una vez fui al pozo y probé a lanzar el cubo. La cuerda era pesada y escurridiza y, en cuanto aflojé la mano, el cubo retumbó y se hundió hasta el fondo. Corrí a casa, me miré al espejo y vi que la patilla del lado izquierdo se me había cubierto de canas.

—El viento del norte es terrible. —Encojo la cabeza, con el rostro entre violáceo y azulado—. Se me han formado pequeños pedazos de hielo dentro del estómago. Cuando me siento en el sillón, los oigo entrechocar.

Estoy empeñada en ordenar los cajones, pero mi madre me lleva la contraria a hurtadillas. Recorre la habitación contigua dando zapatazos, impidiéndome pensar con claridad. Para olvidar sus pasos, saco una baraja de cartas y cuento en voz alta: «Uno, dos, tres, cuatro, cinco...». Los pasos se detienen de súbito y mi madre asoma su rostro cetrino por el marco de la puerta. Murmura:

—He tenido un sueño obsceno. Todavía noto un sudor frío recorriéndome la espalda.

—Y las plantas de los pies —añado—. A todo el mundo le exudan los pies un sudor frío. Ayer volviste a sacar a orear el edredón. Es algo habitual.

Mi hermana se acerca corriendo y me dice a escondidas que mi madre me quiere cortar el brazo porque la vuelvo loca abriendo y cerrando cajones. Nada más oír el ruido de los cajones, se pone tan mala que le entran ganas de meter la cabeza en agua fría y dejarla en remojo hasta pillar un grave resfriado.

—Estas cosas no son casuales. —La mirada de mi hermana siempre es fija, directa, tan incisiva que me provoca pequeños sarpullidos rojos en el cuello—. Mira si no nuestro padre, debe llevar diciendo eso de las tijeras por lo menos veinte años. En fin, ha sido así desde siempre.

Pongo aceite en los laterales de los cajones para abrirlos y cerrarlos con suavidad y sigilo. Llevo muchos días probando a hacerlo así y los pasos no han sonado en el cuarto de al lado. La he engañado. Está claro que se pueden burlar un montón de cosas, tan solo tienes que poner un poco de atención. Estoy entusiasmada. Me paso la noche en vela, animosa. Sin embargo, a punto de terminar de ordenar los cajones, la bombilla se funde de pronto y mi madre esboza una sonrisa fría en el cuarto de al lado.

—La luz de tu cuarto hace que me retumbe la sangre en las venas. Como tambores. Mira aquí —mi madre se apunta con el dedo a la sien, por la que trepa un gusano—, preferiría tener escorbuto. Siento como si me sacudieran el cuerpo por dentro todo el día, tronando por un sitio o por otro. No tienes idea de lo que es esto. Tu padre ha pensado incluso en suicidarse por culpa de esta enfermedad. —Extiende su mano gorda y me agarra por el hombro. La noto fría como el hielo, goteando sin cesar.

Alguien ha estado tramando algo junto al pozo. Oigo cómo lanzan el cubo una y otra vez, dando sonoros golpes contra los laterales. Cuando se hace de día, tiran el cubo con un golpe seco y huyen corriendo. Abro la puerta del cuarto de al lado y veo a mi padre aletargado, con una mano venosa fuertemente agarrada al borde de la cama, dejando escapar tristes gemidos en mitad del sueño. Mi madre está despeinada, dando escobazos aquí y allí. Me cuenta que, al amanecer, un enjambre de escarabajos longicornios ha entrado por la ventana, se ha chocado contra las paredes y ha acabado por todo el suelo. Cuando se ha levantado para limpiar y ha ido a calzarse, uno de los escarabajos, oculto en la zapatilla, le ha mordido el dedo del pie. La pierna se le ha hinchado tanto que parece un tonel.

—Ese —señala a mi padre, dormido— está soñando que lo muerden a él.

—En la cabaña del monte también hay alguien gimiendo. El viento negro arrastra algunas hojas de vid.

—¿Has oído eso? —En mitad del cuarto, entre la claridad y la penumbra, mi madre acerca la oreja al suelo y presta atención—. Los bichos estos se han desmayado de dolor al estrellarse contra el suelo. Han entrado en el instante en el que amanecía.

Aquel día volví a subir al monte. Lo recuerdo con total claridad. Primero me senté en el sillón con las manos sobre las rodillas; luego abrí la puerta y me adentré en el resplandor del día. Trepé por la montaña con los ojos cegados por las llamas de las rocas blancas. No había vides. Ni cabaña alguna.

LOS HOMBRES SOMBRA

En esta ciudad abrasadora, formo parte del colectivo de los hombres sombra. Llamas feroces recorren la ciudad durante el día y toda actividad viviente se traslada a la oscuridad, a habitaciones con ventanas que cubren gruesas cortinas. Cuentan que en el pasado ocuparon las calles multitudes que, al cabo de un tiempo, se ocultaron. Por vergüenza. Porque se quedaron sin energía y perdieron la confianza. ¿Quién puede atreverse a plantarle cara al sol? Por supuesto, no ocurrió de un día para otro. En un primer momento, una fuerza comprimió los cuerpos desde dentro y los fue afinando, poco a poco, hasta que, cada vez más delgados, acabaron convertidos en mástiles sin bandera. Digo que no tenían bandera, pero lo cierto es que daba la impresión de que en su extremo ondeaba algo. El pelo dejó de parecer pelo. Los sombreros dejaron de parecer sombreros. Al final, hasta los mástiles se encogieron avergonzados y se recluyeron en sus casas. Sin embargo, si algún forastero se hubiera atrevido a adentrarse en una de esas casas (pues las puertas no solían cerrarse con llave), habría visto, tras restregarse los ojos y habituarse a la oscuridad, que en la negrura no había en realidad nadie.

¿Dónde se había metido la gente? No nos escondimos bajo tierra ni en el interior de los muros; estábamos en casa. Si uno miraba con atención debajo de las camas, detrás de los estantes de libros, en los rincones y tras las puertas, acertaría a ver algunas sombras tenues y cobardes, expandiéndose y contrayéndose. Los bichos se hunden en la tierra y nosotros nos recogimos en las casas. Es esta una suerte de existencia en la que no se ve a nadie.

Anduve un largo trecho hasta llegar a la Ciudad de Fuego. Todavía recuerdo el anhelo del camino, cuando creía dirigirme al Palacio de Cristal, un lugar bellísimo, según la leyenda popular. Llegué en mitad de la noche. Recuerdo que un par de manos tiraron de mí y me arrastraron al interior de una vieja casa que olía a consomé de carne. A continuación, oí una voz decir: «Ya no puede escapar».

Me acosté en una cama enorme con más personas. Bastantes, todas tendidas. Aunque los días nunca eran claros, clareó muy temprano. Las pesadas cortinas mantenían a raya la luz del sol. Pensé en sentarme, también en levantarme y salir al exterior, pero el viejo a mi lado me retuvo con mano firme.

—¿No ves el padecimiento que te espera si sales desnudo a la calle? Una vez, uno de los nuestros se atrevió a cruzar la puerta y se murió de vergüenza.

¿Por qué afirmaba con tal seguridad que no llevaba ropa encima? ¡Qué barbaridad! ¡¡Quién se habrá creído?! Me entraron ganas de contestarle, pero no me salían las palabras. El cerebro se me había vaciado. Qué ironía, acabar en esta ciudad autoritaria, rodeado de esta mafia, cuando mi intención era llegar al Palacio de Cristal. Con todo, el consomé era bueno. En la casa había un cocinero, aunque no lo vi. No vi a nadie, solo oía voces. Me bebí el consomé. Una vez acabado, tiré el cuenco para ver si alguien acudía a recogerlo. Nadie lo hizo. El cuenco no llegó a caer al suelo. No sé dónde fue a parar.

Cuando no hubo quien me detuviera, me levanté de la cama y palpé la puerta. La empujé para abrir una rendija. De pronto, la luz que se coló me tiró al suelo, tras lo cual la puerta se cerró sola a cal y canto. Fue un golpe terrible, como si me hubiera alcanzado un rayo en mitad de una tormenta. Gracias a la mínima claridad que había en el cuarto logré distinguir unas cinco sombras sobre la cama. Alargué la mano hacia ellas, pero solo palpé el vacío. ¡Qué horror! Me senté en el suelo y sentí un dolor inmenso. Volví a oír la voz del viejo:

—Lei Xiaonan —así me llamo—, si quieres ir fuera, tienes que guardarte la idea en el corazón.

Así que sabía mi nombre. Pero ¿qué significaban sus palabras? No llegaba a tocar al viejo, aunque él sí podía tocarme a mí e impedir que me moviera.

El cuarto era enorme. En uno de sus extremos cocía el consomé. Permanecí sentado en el suelo, incapaz de dar con una solución. Puesto que llegué en mitad de la noche, supuse que era por la mañana.

—Los hay que no saben dar las gracias cuando se les alimenta con buena comida.

La voz surgió de allí. Tal vez fuera el cocinero el que hablaba. Sus palabras provocaron las risas de los de la cama, que contestaron al unísono:

—¡Así que eso es lo que quieres, que te den las gracias!

Percibí al instante un olor a carne chamuscada que inundó el cuarto. Era repugnante.

La cama era alta. Me colé debajo y me recliné, pensando que estaría más oscuro y, seguramente, más tranquilo. Sin embargo, también ahí había alguien que me dijo al oído:

—Hoy estoy en huelga.

Era el cocinero. Resultó que era allí donde dormía.

—¿Eres de aquí? —le pregunté al rato, incapaz de contenerme.

—Por supuesto. En el pasado, cuando la guerra, luchamos en mitad de la calle hasta acabar bañados en sangre.

—¿Y qué ocurrió luego?

—Luego el sol se volvió cada vez más dañino y nos retiramos a las sombras.

—Pero, cuando el sol se pone detrás de la montaña, se podrá salir, ¿no?

—Las puestas de sol son cosa del pasado. Ahora, el sol ya no se pone.

—No puede ser. Estoy seguro de que llegué en plena noche.

—Verás, en realidad el sol sí se pone tras la montaña, pero solo durante algunos minutos. Dos, a lo sumo. Debiste llegar en ese lapso de tiempo.

Tenía más preguntas que hacerle, pero comenzó a roncar. Tampoco logré tocar su cuerpo. Tal vez yo era el único del cuarto que tenía un cuerpo. Allí estaba mi mano izquierda, la derecha... Me palpé el rostro.

Los ronquidos flotaban por todo el cuarto. Qué extraño, ¿cómo es que yo no tenía ni pizca de sueño? Mi mente estaba demasiado activa y mis pensamientos comenzaron a flotar entre los ronquidos. Me deslicé hasta el fogón. Era un fogón grande, como esos de barro que se ven en las áreas rurales. El carbón escupía animado llamas azuladas y a su lado se acuclillaban dos sombras que llevaban todo el rato charlando en voz baja, casi susurrando. Oía las sombras expandirse y encogerse, un silbido seguido de un resoplido. Su conversación, sin embargo, no se interrumpió en ningún momento. Convertirse en formas nebulosas tenía también sus ventajas.

Junto a mis pies, detrás del gran armario, había algunas sombras más. A ratos roncaban y a ratos no. Estaban muy nerviosas y, en cuanto los ronquidos cesaban, comenzaban a farfullar aquellas frases cortas: «Contén la respiración». «¡Atención!». «Ajústalo». «Suéltalo». «Expúlsalo». Y cosas así. Parecían sufrir en mitad del sueño. Es posible que esa fuera su vida, que nada diferenciara el sueño de la vigilia.

De pronto, en la ventana sonó un carillón de viento —tilín, tilín, tilín—, inquietante. Los demás ruidos se extinguieron. Todo el mundo prestó atención. Incapaz de aguantarme, salí arrastrándome de debajo de la cama. Aquel movimiento mío desató una oleada de maldiciones a mi alrededor, debido sobre todo a que el ruido que hacía les impedía oír. ¿Qué señal transmitiría aquel extraño carillón? Encorvado, me acerqué a la ventana. El carillón seguía sonando, aunque fuera no parecía correr viento alguno. Con cuidado, aparté la cortina. La luz blanca me hizo bizquear, pero lo vi, colgado de la ventana, moviéndose solo, sin viento que lo agitara, como si tuviera vida propia. No pude observarlo durante mucho rato; no me quedó más remedio que dejar caer la cortina. En la estancia reinaba un silencio sepulcral. Al cabo de un par de minutos, el sonido del carillón cesó. Los de la cama suspiraron: «No hemos aguantado en balde». «Las cosas se arreglarán». «La vida es algo más que penar en la oscuridad». El cocinero también emergió de debajo de la cama. Desde el cabecero, lo oí decirme:

—Me estás mareando con tanto ir y venir de acá para allá. No debí haberte dado a probar mi consomé de carne. Dime, a ver, ¿cuánto espacio necesitas ocupar tú solo?

—No era mi intención ocupar tu espacio —contesté, ofendido.

—¡Buah!, ¿a quién le importa cuál fuera tu intención?

—¿Qué hago entonces?

—Sal. Así no ocuparás espacio aquí. No sé qué insensato te ha traído.

Sus palabras lograron que me detestara a mí mismo. Me dirigí a la puerta. Lo peor que podía pasarme era morir. Respiré profundo, abrí de golpe y me lancé al exterior. A mis espaldas sonaron un sinfín de carillones.

* * *

Mis recuerdos están desordenados. Hechos recientes se me antojan muy lejanos y lo que ocurrió al poco de llegar me parece haber pasado ayer mismo. Al salir de la gran habitación me cegó una luz blanca y abrasadora. Procedía sobre todo de los cristales de las ventanas de los edificios altos, que despedían llamaradas tan violentas que se diría que iban a calcinar la ciudad. Corrí a ocultarme en un pequeño tenderete al borde de la calle, un viejo quiosco de prensa al que le habían cegado la ventana con cartones. A todas luces, aquel había sido el refugio de alguien. No. Todavía había alguien dentro. Quienquiera que fuera, dijo:

—¿Te han echado? Ha sido por atolondrado, ¿verdad?

Una vergüenza que nunca antes había sentido se apoderó de mí. Quise que me tragara la tierra para no volver a asomar la cabeza nunca más. Tenía ya cierta edad, aunque no me acordaba de cuántos años exactamente. ¿Cómo era posible que me hubiera comportado como un... *atolondrado?* Nunca pensé que lo fuera mientras permanecí en el pueblo. Ahora, después de llegar a este lugar, mi verdadera naturaleza había salido a relucir. El hombre me hablaba pegado a una pared de chapa. Una sombra tenue. Me dio la impresión de que estaba muy preocupado y le pregunté si había invadido su espacio. Tras reflexionar durante un buen rato, contestó:

—Aquí el espacio no es tan importante. Yo mismo solo estoy aquí temporalmente, para descansar un momento. De todos modos, nadie podría quedarse mucho tiempo en este quiosco.

Me serené, pero la vergüenza no desapareció. Mis manos, mis pies, mi barbilla, mi barba revuelta, mi voz vulgar... me daba vergüenza todo. Aparte estaba la expulsión de la gran habitación, y en la que no quería ni pensar, porque en cuanto lo hacía me ponía como loco. Cerré los ojos. No quería ver nada más. El de la pared rio —je, je—, aunque no sé si de mí.

—¿De quién te ríes?

—De nadie. A la gente como nosotros nos gusta reír, je, je, aunque no haya motivo.

Sus palabras sonaban secas. Lo cierto es que yo no tenía intención de permanecer allí durante mucho más tiempo, pero ¿dónde podía ir? Aquel tipo colgado de la pared emitía un ligero olor desagradable. Me hacía sentir incómodo de multitud de formas que era incapaz de expresar. Es posible que yo oliera aún peor y no lo percibiera. Desesperado, me cubrí los ojos y, ¡oh!, noté que mi mano se había afinado, como si apenas recubrieran los huesos dos capas de piel. Los propios huesos eran ahora más delgados y blandos.

—Hermano, veo que te estás comprimiendo. No te falta nada para ser una pátina fina.

Dicho esto, se esfumó —¡chas!— flotando por la puerta. Del hueco por el que se había ido colgaba una forma humana. Me dejé caer sobre ella de manera inconsciente y volví a oír un nuevo chasquido. ¿Me habría convertido también yo en una sombra pegada a la pared? Aún podía verme y tocarme la mano, la barbilla, los hombros, el rostro ramplón, pese a que todos se habían vuelto un poco más finos.

Todavía era capaz de moverme. Me acerqué a la puerta y me asomé por una rendija. La luz de fuera se había aplacado y un verde oscuro se extendía por doquier. Vi tres sombras en el contenedor de la basura. Su conversación llegaba hasta el lugar en el que me encontraba. Se peleaban por una fiambrera de comida de la que alguien se había desecho y la discusión se acaloró hasta que, al final, todos cedieron y fueron metiendo la mano para comer por turnos. Me acordé del cocinero y del consomé de la habitación. ¿Por qué no pasaban dentro aquellas sombras? ¿Es posible que también las hubieran expulsado? Todo parecía indicar que los del interior formaban parte de un grupo privilegiado. Entendí por qué su forma de hablar había sido tan altanera. ¿Sería posible que me hubieran confundido con alguien importante a mi llegada y luego se hubieran dado cuenta de que no lo era?

El verde oscuro del cielo se tornó cada vez más intenso. Unas notas heridas y húmedas cruzaron el aire. Recordé el motivo que me había llevado hasta aquel lugar. Alguien me había robado el tesoro familiar: un valioso tintero de piedra. Habíamos ido a juicio, y perdí. Casi lo había olvidado, pero ahora por fin recordaba. Avancé calle abajo dando saltos, ligero como una golondrina. ¿Por qué me había sentido tan avergonzado hacía unos instantes? Los que antes rebuscaban comida en la basura se habían enredado ahora en torno al poste de cemento de una farola, a descansar satisfechos. En mitad del sueño, las tres cabezas recobraron su original forma triangular. Ni dormidas podían estarse quietas, y entrechocaban entre sí, como niños indisciplinados.

A ambos márgenes de la calle se sucedían casas antiguas. Observándolas, pensé que, aunque viejas y mal conservadas, sus paredes grises y sus puertas negras proyectaban cierto aire de grandeza e inspiraban estrictas jerarquías. Lo más seguro es que las sombras de la habitación se dedicaran a algo. Al otro lado de la calle, una sombra negra y alargada se coló por debajo del alero y se descolgó por la pared. A aquella la siguió otra, que se descolgó del mismo modo. Parecían desesperadas, temblando en el aire húmedo. Salían de la misma casa en la que yo había estado. ¿Qué ocurría allí dentro?

—Se lo ve con mucho más aplomo que antes, aunque todavía arrastra una cola atolondrada.

Alguien habló junto a mí y levanté la cabeza. Eran los que se habían enredado en la farola. Estaban los tres despiertos. Sus cabezas, de nuevo sombras oscuras, se alargaban y encogían, observándome.

—Es posible que arrastre la cola para siempre. No se convertirá en uno de nosotros.

Di varios saltos en la acera. Me había vuelto de veras ligero como una golondrina. ¿Sería capaz de volar?

Me acerqué a las dos sombras que se habían descolgado por la pared y las oí llorar. Eran un hombre y una mujer: la sombra de ella, algo más oscura; en la de él solo se distinguía el contorno si uno se fijaba bien. Es posible que se debiera a que ella viviera la vida con más intensidad. ¿Por qué estarían tan tristes?

—Está a punto de amanecer de nuevo. Tarde o temprano no tendremos donde escondernos —dijo la mujer entre lágrimas.

—Fuiste tú la que insistió en que saliéramos. Nadie nos ha expulsado —replicó el hombre.

—Ahí dentro me sentía insignificante. Prefiero el riesgo.

—Querida, te amo tanto.

Las sombras se abrazaron y, al instante, se separaron.

Sentí pinchazos en la piel. A mi alrededor, el verdor negruzco se fue haciendo cada vez más claro. El sol estaba saliendo. Las sombras se mostraron apenadas, cabizbajas. Alargadas y finas, casi parecían querer fusionarse con el muro centenario. ¿Morirían abrasadas bajo los rayos del sol?

El sol era insoportable, por lo que no me quedó más remedio que deslizarme por la puerta para entrar en la vieja casa.

—Aquí estoy otra vez, ocupando el espacio —saludé a los hombres sombra del interior.

La habitación estaba a oscuras y olía a consomé de carne. ¿Habrían salido todas las sombras, como aquella pareja de la pared? Palpé la gran cama. Estaba vacía. Me entraron ganas de tumbarme a descansar un rato, pero, de pronto, en lo más hondo de mi corazón, me sentí inferior. No era mi cama. No podía acostarme en ella.

Sí podía, sin embargo, meterme debajo y recostarme allí. Alargué la mano y tanteé el suelo que, para mi sorpresa, estaba plagado de telarañas. De una pasada me llevé un puñado, que hizo que se me pusiera la piel de gallina. Sacudí la mano en el aire y la restregué a continuación, todavía incómodo. Noté un cosquilleo en el dorso adormecido. ¿Me habría picado algún bicho venenoso? Poco a poco, fui viendo la disposición de la habitación. Me dirigí hacia el gran fogón de barro.

—Je, je —frente al fogón, alguien rio.

Era el mismo tipo que había visto fuera.

—No puedes tomarte ese consomé.

—¿Por qué?

—Porque todavía tienes cola. Ocupas demasiado espacio. El consomé no es para gente como tú. El anciano creía que serías uno de los suyos nada más entrar en la habitación, pero todavía conservas la cola.

El hombre parecía querer hacerme sentir mal.

—En ese caso, ¿puedo acostarme en la cama?

—No.

—¿Acaso eres tú quien gobierna aquí?

—Aquí cada cual se gobierna a sí mismo, pero tu caso es distinto.

Durante nuestra conversación noté dos soplos de aire frío. Los levantaba su cuerpo al contonearse. Por lo visto, todo el mundo podía darme órdenes. Tenía cola, y no era capaz de desprenderme de ella.

—Sacúdete un poco así, como yo —dijo.

Imité el modo en que se contoneaban las sombras. Cielos, estaba acabado. Me estaba desintegrando. El cielo no era el mismo de antes. También la tierra era otra. Me había convertido en una red de pesca rota que flotaba en el vacío. Y lo peor de todo es que me entraron ganas de vomitar y acabaría perdido de suciedad.

—Repítelo unas cuantas veces más —su voz volvió a sonar.

Pero ya no podía seguir contoneándome. Aquello dolía como morirse. Me desplomé hasta acabar con la cara pegada al suelo. El consomé gorgoteaba en la olla. Oí a la sombra atizar el fuego. Todo parecía indicar que uno podía transformarse en sombra sin que esto lo incapacitara para trabajar. Estaba claro que yo no estaba hecho de la misma pasta. Me veía obligado a esconder la cola, pero, por desgracia, no llegaba siquiera a tocarla. ¡Deseaba tanto convertirme en un hombre sombra! Envidiaba a aquellos tipos que oscilaban de un lugar a otro y que hasta en su dolor eran magníficos. ¡Sería tan bonito morir un día, convertirme en una larga línea marrón oscuro sobre la pared y no ocupar ya espacio alguno! Recordé los muros de adobe de mi infancia y la nieve de Jiangnan[4] cayendo sobre ellos. Su color se oscurecía y los copos desaparecían, pues dentro ardía furioso el fuego y las paredes de tierra, como es natural, se calentaban.

La sombra flotó hasta la gran cama, meciéndose con elegancia, y se dejó caer, extendida plana sobre el lecho. Una pequeña estrella verde lució con un destello y volvió a extinguirse un instante después.

—¿Qué ha sido eso? ¡Brillaba mucho! —espeté, aguantándome el dolor de barriga.

—Es una cosa que tenemos dentro. Hay quien afirma que nos convertimos en hombres sombra para poder verla.

—¿Te ha hecho feliz verla hace un momento?

—Sí, aunque no tiene sentido contestar una pregunta como esa.

Me sentí muy triste. Pensé que me sería muy difícil seguir en aquel lugar, pero tampoco podía regresar. Una sombra con cola no podía vivir entre las gentes del campo. En mi tierra natal, los trabajos eran duros y toscos. Allí me deslomaba a diario. Nada que ver con la despreocupación y la inactividad de este otro lugar. Ya

---

4 Literalmente «Al Sur del Río», nombre de la región situada en el margen meridional del curso bajo del río Yangtsé, de gran importancia cultural y económica a lo largo de gran parte de la historia china. *(N. de la T.)*

siendo joven aspiraba a llevar una vida despreocupada y ociosa. ¿Por qué me abrumaba ahora que la había encontrado? El corazón humano nunca está satisfecho.

Se oyó alborozo fuera. Todos regresaron. Nada más verme, callaron de golpe, así que me agaché y me pegué a la pared del fogón. Se me ocurrió que tal vez no tuvieran claro si querían echarme de nuevo y tomé una decisión: si me echaban, me iría de inmediato.

—No imaginaba que se transformara de este modo —el cocinero fue el primero en hablar—. Solo le sobresale la cola.

—Ahora no podemos obligarlo a irse —dijo el anciano que había dormido a mi lado.

Aunque habían entrado todos, la puerta seguía abierta. Los rayos del sol caían a plomo y el suelo al otro lado resplandecía, blanco como la nieve. Pensé que habían dejado la puerta abierta para mí, para que yo solo tomara la iniciativa y me marchara. El silencio reinante así parecía insinuarlo. Me encaminé hacia el exterior apretando los dientes, moviendo los pies pero no la cola. Solo ellos la veían.

Dentro, alguien dejó escapar una exclamación aprobatoria. Estaban conformes con mi proceder.

El sol, abrasador, me achicharró la piel. Corrí sin rumbo, enajenado, buscando un lugar sombreado en el que meterme. No sé cómo llegué al aparcamiento subterráneo, pero respiré aliviado. El olor a gasolina del aparcamiento era desagradable. Levanté la cabeza y, ¡ah!, sobre las paredes húmedas colgaban sombras que murmuraban sin cesar.

—¿Estamos arriba o abajo?

—Creo que arriba.

—Pues yo creo que abajo, ¿no ves que hay cosas negras?

—Fíjate bien y verás que no son cosas negras.

—¡Ah, pues es verdad! Tiene muchas capas. En ese caso, debemos estar arriba.

—No lo creo. Si estuviéramos arriba, ¿cómo es que hay gente caminando por encima?

Entró un gran camión negro y extraño que no emitía el menor ruido. Era precisamente aquella ausencia de ruido la que resultaba aterradora. Avanzaba muy despacio, acercándose poco a poco. Las sombras guardaron silencio a medida que el camión proseguía, rozando la pared. ¿Quería aplastarme? Me pegué a la pared y me puse de puntillas. Me hubiera gustado ser capaz de colgarme de los muros sin el menor esfuerzo, igual que aquellas sombras.

—¡Socorro! —me oí gritar.

El camión pasó de largo y yo seguía vivo. Acababa de resoplar cuando volvió a acercarse.

—Esta vez lo va a hacer picadillo —dijo la sombra de arriba.

Contuve la respiración, desesperanzado. ¿Quién me mandaba a mí no volverme una sombra? El impacto me dejó las costillas magulladas. El miedo a morir me salvó de sufrir un dolor mayor.

Pero no morí. Me palpé las costillas. Estaban bien y, sin embargo, había visto la cabina metálica del vehículo pasarme por encima. Ahora, las gentes de arriba no decían nada.

El camión estuvo circulando durante largo rato, dando vueltas de un lado a otro, y yo me acostumbré, aunque era un camión de verdad, de tomo y lomo, lo sé porque incluso lo toqué. El problema era yo. ¿Seguía siendo una persona? Si lo era, ¿cómo es que no me había aplastado? Si me había convertido en una sombra, ¿por qué seguía sintiéndome las costillas?

Al cabo, el camión desapareció por un túnel oscuro, mientras yo permanecía pegado a la pared, sin saber qué hacer. En el aparcamiento había algunos coches, aunque todos destrozados. Tal vez se hubieran deshecho de ellos hacía muchos años. Al mismo tiempo, no podía estar seguro, pues también aquel camión estaba para el desguace y, sin embargo, alguien lo conducía. El conductor y yo cruzamos miradas un instante. Parecía un robot, aunque sus manos eran manos de persona real, cubiertas de un abundante vello. Cuando me vio, llegó incluso a alargar el brazo y me tocó el rostro. Su mano parecía de hielo. Me estremecí.

—Quiero salir —dije a los de arriba, incapaz de contenerme.

Nadie contestó durante un rato, hasta que, por fin, alguien habló:

—Eso es imposible.

Me dirigí hacia la boca del túnel sin despegarme de la pared. Los oía hablar de mí a mis espaldas, aunque no distinguía sus palabras con claridad. Con cada uno de mis movimientos sonaba un chasquido, como si se rompiera una membrana. Cerca de la boca del túnel, los deslumbrantes rayos del sol me hicieron dudar. ¿Debía salir? Acababan de decirme que no podía. Todavía vacilaba cuando el camión volvió a entrar y, esta vez, el impacto me hizo salir disparado por el aire. Aterricé con suavidad en un lugar oscuro, al fondo del aparcamiento, quizás. Tirado en el suelo, no sentía dolor. Tal vez fuera porque ya me había transformado del todo en sombra. El suelo de cemento estaba ligeramente pegajoso a causa de la humedad, aunque ya no olía tanto a gasolina. También puede ser que me hubiera acostumbrado. El camión había desaparecido. Se diría que había regresado con el único objetivo de arrollarme.

—¿De qué vivís aquí, si no hay consomé de carne? —dije elevando la voz.

Nadie me contestó. Debieron pensar que era un maleducado. Comencé a echar de menos el consomé de aquella casa. Era una de esas comidas que no se olvidan

cuando se han probado. El gran fogón de barro, el cocinero... Mi imaginación echó a volar y la vida en la
vieja casa se me antojó un sueño. Igual que aquel tipo,
podía adherirme al lateral del fogón y tomar un poco
de consomé cuando quisiera.

¿Por qué me apetecía todo el tiempo ese consomé, si
no tenía hambre?

Casi sin pensarlo, me pegué una vez más a la pared y
me deslicé hacia el exterior.

—¡Pero mira que es terco! —alguien dejó escapar un
suspiro sobre mi cabeza.

Salí. Localicé la vieja casa y me encaminé hacia ella
con los ojos cerrados. El sol abrasaba la ciudad muerta,
recorrida por un silencio absoluto. Para entonces me había habituado ya a ir con los ojos cerrados por mitad de
la calle. De todos modos, no había coches, por lo que no
podían atropellarme, y cada medio minuto podía entrea-
brir los párpados una rendija para ver un poco. Así con-
seguí llegar a la vieja casa en menos que canta un gallo.

—He vuelto —dije al entrar.

—Aquí no eres bienvenido —sonó la voz del cocinero—. La única utilidad de una persona como tú es
acabar en la olla del consomé. ¿Acaso no conservas todavía la cola?

Me pidió que me acercara, con la excusa de verme la
cola. Cuando se la enseñé, sin embargo, me dijo que no
hacía falta, que no servía.

—Demasiado dura. No está lista.

Y añadió:

—Lo mejor que puedes hacer es tumbarte bocabajo en el suelo y estarte quieto. Así la gente no te verá. Ojos que no ven, corazón que no siente.

Me tiré al suelo, siguiendo sus instrucciones. ¡Quién pudiera volver atrás! De pronto, comencé a escuchar toda suerte de sonidos que emergían sin pausa de las grietas del suelo, las paredes y el techo. Un sinfín de personas contaban historias. Sus voces eran cautivadoras, realmente bellas y emotivas, y aquellos fragmentos extraños y narraciones misteriosas que inundaban el viejo cuarto capturaron mi atención. Cada historia se solapaba con otra, como las olas de un gran río, y pese a que no llegaba a oír sus finales, la emoción que me causaban era tal que temblaba como un enfermo de malaria. Yo, una sombra que arrastraba una cola, comencé a sacudirme como un poseso. Comencé a gritar de dolor, incapaz de contener el movimiento. ¡Iba a morir! ¡A morir!

De repente sonó una pequeña campana y todas las voces callaron. ¡Ah, el carillón de viento! Seguía contorsionándome, sumergiéndome en las bellas historias; me daba igual morirme. El carillón se detuvo un instante para volver a sonar al siguiente, esta vez con un dejo de advertencia, tal vez dirigida a mí. Dejé de sacudirme sin darme cuenta. Esta vez no me había desmayado de dolor. Qué extraño. Tras alertarme, el carillón cesó de sonar.

Desde el suelo, alcé la cabeza y contemplé la habitación. No se veía sombra alguna. ¿Dónde se habrían metido?

Me incorporé y eché a andar, pero no oí el sonido de mis pasos. Salté un par de veces. De nuevo, no emití ningún ruido. En la habitación solo se oía el burbujeo del consomé en la gran olla, sobre el fogón. Me acerqué, me serví un cuenco con el cucharón y bebí. El aroma era agradable, pero no sabía a nada, aunque es posible que el sabor fuera demasiado complejo y yo no supiera describirlo. Cuando me acabé el cuenco sentí que recobraba las fuerzas.

Volví a tumbarme en el suelo y agucé el oído. No oí aquellas bonitas voces; solo el viento frío del norte envolviendo y recorriendo la calle afuera. Cuando me cansé de escucharlo, giré la cabeza a duras penas para verme la espalda. ¡Ajá!, me vi la cola. Era enorme, como la de un dinosaurio, y aparecía y desaparecía, ilusoria, bajo la tenue luz. Salía de la espalda y sostenía todo mi cuerpo. Entendí las palabras del cocinero. En realidad, me envidiaba.

Yo, una sombra con cola, formo parte del colectivo de los hombres sombra, pero soy distinto al resto.

CONVIVIENDO CON HUMANOS

Soy una urraca macho de mediana edad y vivo aquí, en la ciudad. Al lado de la escuela, hacia las afueras, hay varios chopos y en uno de ellos tengo mi hogar, el mismo que habitaron mis padres, mis hermanos y los padres de mis padres. Ahora, todos ellos han desaparecido.

Déjenme que les hable de mi nido, que bien merece mi orgullo. Tan robusto como bello, práctico y estable, tiene una abertura de lo más ingeniosa. Es muy cómodo por dentro y está cubierto de una capa de barro y ramas en la parte exterior, y de otra de suaves plumas en la interior. Esta casa, oscura y delicada, trajo a mi familia muchas alegrías. Al principio, mi esposa y yo trabajamos codo a codo, dejándonos la piel para erigir un nido sin parangón. Esa ramita de sauce que sobresale la encontré yo. Era perfecta como travesaño. Claro que pesaba mucho, pero yo estaba fuerte y me sobraba vigor, así que la levanté al vuelo. No había tomado altura cuando el niñato aquel vino corriendo y me golpeó con una vara de bambú que tenía un gancho en la punta. Después de varios porrazos en la espalda, relajé un momento el pico y la rama cayó. Aún hoy sigo sin entender qué pretendía hacer con esa ramita. Nada más recogerla del suelo, la partió en dos e hincó con rabia los trozos en el barro. Mi convalecencia retrasó la construcción del nido diez días, durante los cuales mi esposa no paró de lamentarse: «No hay que provocar a esa gente, no hay que provocar a esa gente...». Me sentí avergonzado. Después de aquello me guardé de buscar materiales cerca de la escuela y opté por ir a las colinas para traer desde allí la madera. El trayecto era muy largo. A veces, acarrear una única ramita me llevaba un día entero; la cargaba un rato y descansaba otro. Admiro a mi esposa. Ella siempre encuentra materiales adecuados en las inmediaciones de las viviendas cercanas. Es mucho más eficiente que yo. Lo más importante es que nunca solivianta a los humanos. No sé cómo lo hace.

Al cabo, conseguimos terminar nuestro nido antes del invierno. Fue una época de lo más atareada en las copas de estos chopos en los que se instalaron veintiún nidos de urraca, como pequeños retoños nacidos de los árboles. Los visité todos y los comparé, y considero que este que erigimos entre mi esposa y yo era el más imponente y el mejor diseñado. Era, también, mucho más confortable que el resto. ¿Se debería a una predisposición genética distinta, a algún talento especial? Mi esposa lo negaba. Por algún motivo que desconozco, pese a que nuestro nido era seguro como una fortaleza, yo vivía en un estado de agitación continua, temeroso de que nos alcanzara el disparo de un cazador. Por las noches, agazapado en su interior, temía que algún joven estudiante trepara al árbol sibilino y destruyera nuestro nido con algún tipo de herramienta. No podía evitar preocuparme; eran las secuelas de aquel ataque que sufrí. La verdad, no obstante, es que los días pasaban tranquilos y animados.

* * *

Permítanme que les describa el jardín. Detrás de la escuela existe un jardín del que nadie se ocupa y en el que las plantas crecen sin control. Azaleas, balsaminas, achiras, jazmines de la India..., hay de todo. El suelo es fértil, y en él hay además un pequeño estanque abandonado, repleto de hojas secas. El jardín es nuestra fuente de alimento. Se podría decir que es el que nos mantiene. A menudo nos reuníamos allí y, mientras buscábamos comida, conversábamos o discutíamos, montando un verdadero escándalo. Si bien el canto de la urraca es desagradable, su lenguaje monótono rebosa, en realidad, una calidez perceptible solo para quien escucha con atención.

Una mujer enjuta acudía con frecuencia a sentarse en un banco de piedra junto al estanque, y desde ahí lo contemplaba sin inmutarse. La observé durante largo tiempo. ¿Qué relación guardaba con el estanque? ¿Se ahogaría en él un hijo o una hija? ¿O era ella la que quería lanzarse a sus aguas y morir ahogada? Su mirada se me figuraba siempre lúgubre. Mi esposa, en cambio, opinaba de forma distinta. Decía que era una mujer de notable erudición y gran sensibilidad. Las impresiones de mi esposa son siempre acertadas. En cierta ocasión, estaba yo buscando bichos bajo las azaleas cuando, al levantar la vista, vi a la mujer desmayarse y caer del banco. Dio la casualidad de que ni mi esposa ni mis vecinos estaban allí, por lo que me puse histérico. Salté sobre ella y grazné con todas mis fuerzas, desgañitándome sin cesar. Al fin, ella comenzó a volver en sí. Su primer gesto al despertar fue agarrarme. ¡Cielos! Era la primera vez en mi vida que un humano me tocaba. Incapaz de moverme, sentí el corazón agitado como las aguas de un gran río. Ella se incorporó, dio dos pasos y se acuclilló junto al estanque, a punto de rebosar. ¿Qué se disponía a hacer? Me hundió en el agua. No sé cuánto tiempo pasó, pero, al final, me acabó lanzando contra los arbustos y se fue. Recuerdo haber sentido cierta felicidad durante el tiempo que permanecí sumergido. Calado hasta los huesos, temblaba de frío con cada soplo de viento. Entonces fui por fin consciente de que no había muerto, de que seguía vivo. Fui primero a por los bichos, que seguían allí al lado, y con ellos en el pico emprendí mi regreso al nido, en el que mi esposa incubaba los huevos. No tardé en recobrar las fuerzas. Desplegué mis alas para que el aire las secara y me dije a voz en grito: «¡Magnífico!».

De vuelta en el nido, mi esposa me escuchó en silencio, con un destello de emoción en los ojos, mientras yo le contaba lo sucedido. Al final, me dijo perpleja: «Imposible adivinar lo que les pasa por la cabeza a los humanos, ¿verdad?». Estoy completamente de acuerdo. Tampoco yo puedo comprender qué había ocurrido en realidad. Volví a ver a aquella mujer en una ocasión y no pude evitar acercarme, pero ella no volvió a fijarse en mí.

* * *

Ahora, me gustaría narrarles cómo fue desapareciendo nuestro clan de urracas. ¡Vivíamos tiempos muy animados! Al principio, nuestro graznido se oía por doquier, pero nuestra lengua no disfrutaba de una buena acogida entre los humanos. Demasiado monótona, demasiado estridente, demasiado agresiva. Bastaba con que se congregara un número elevado de nuestros congéneres para que los hombres nos miraran furiosos. Vivíamos demasiado ensimismadas. La reacción de los humanos era comprensible. A decir verdad, a mí mismo me desagrada cuando grajeamos en exceso, pero lo cierto es que, una vez que nos reunimos, es imposible controlarnos y nos ponemos todos a graznar —cro, cro, cro, cro—, de forma realmente molesta. ¿Cómo es posible que hayamos creado una lengua así? Me lo pregunto a menudo, pero por más vueltas que le dé, no llego a sacar nada en claro. De pequeño se lo pregunté a mi padre. Me lanzó una mirada para que cerrara el pico y dijo enfadado: «¡Pero qué falta de respeto hacia tus mayores es esa! ¡Ahora me dirás que te parece fea tu propia madre!». Después de aquello, no me atreví a preguntárselo a nadie más.

Estábamos por todos lados: en el jardín, sobre los tejados de las aulas cercanas, en la hierba. Somos aves alegres. ¿Por qué no íbamos a graznar? El tiempo acompañaba, los bichos abundaban y el clan no paraba de crecer. En cada esquina teníamos espacios para el reposo y juegos variados que se iban renovando. Nos sobraban los motivos para graznar y cantar. Los niños que nos perseguían con el palo de una escoba se acabaron convirtiendo, en realidad, en un pasatiempo más. Los engatusábamos y los hacíamos correr de acá para allá dando escobazos, hasta que acababan colorados como un tomate y enojados. ¡Aquella fue en verdad una era dorada! ¡La era del sol!

La bedel era una señora de más de cincuenta años con rostro amarillento, sonrisa forzada y ojos diminutos. Le encantaba vernos jugar con los niños que nos perseguían. Levantaba el brazo alargado y se golpeaba con fuerza los muslos, incapaz de contener su alegría. Sus gestos me provocaban cierta antipatía. Me parecía que había gato encerrado en el hecho de que no tuviera nada mejor que hacer más que perder todo ese tiempo mirándonos. Sin embargo, era buena con nosotros. Solía remover la tierra en torno a los arbustos con una azada, para que los bichos asomaran y nos acercáramos.

Luego comencé a darme cuenta de que aquella bedel era la responsable de la desaparición de algunos de los nuestros. Nadie sabía cómo habían desparecido. Ningún compañero había sido testigo de su asesinato, pero la conspiración se desarrollaba en silencio. Pese a ello, todos (excepto mi esposa y yo) seguían teniendo a la bedel en muy alta estima. Aquello me hizo recordar los comentarios de mi esposa sobre la mujer enjuta del estanque. ¿Tenían todos los humanos que se acercaban a las urracas tendencias asesinas? Mi padre solía decir que ella «comprendía en profundidad los secretos del mundo natural». A ojos de mi padre, representaba un espíritu irresistible. Por eso fue de los primeros en sacrificarse.

Aquella mañana, mi padre y yo nos dirigíamos felices al patio de la escuela. Había caído una lluvia ligera y la tierra estaba húmeda. A lo lejos, avistamos a la bedel escarbando en el suelo. Me emocionó pensar que de verdad se preocupaba por nosotros. Nos acercamos volando. La vimos quitarse la gorra naranja del uniforme, levantarla en el aire y, a continuación, desperezarse.

Cuando advirtió nuestra presencia por el rabillo del ojo, hizo una mueca divertida. Pero aquello apenas duró un instante, transcurrido el cual su rostro se endureció. Precavido, decidí guardar las distancias. No le quité el ojo de encima mientras buscaba bichos. Estaba como un tren y me entraron ganas de correr a su encuentro y darle unos cuantos picotazos en el trasero. Sin embargo, mi padre bajó la guardia y se le acercó por la espalda, siguiéndole el paso como una mascota. Al otro lado del patio, unos niños gritaban. Parecía que se hubiera desatado una pelea: unos cuantos estaban tirados en el suelo, mientras otros seguían pegándose. No me gustan las escenas sangrientas, así que me di media vuelta y me puse de culo para no verlos.

Comí demasiado y me entró sopor. Oculto bajo los arbustos, di una cabezada, un sueñecito que apenas duró. Cuando desperté, mi padre ya no estaba. La bedel también se había marchado, y solo había dejado la gorra naranja encima del arbusto. Di por hecho que mi padre había regresado a casa, de modo que, también yo, me fui. Sin embargo, mi padre nunca más volvió.

Lo extraño fue que mi madre sabía que mi padre había desaparecido mientras la bedel andaba cerca. Por algún motivo que desconozco, mi madre creyó que mi padre se había «largado él solo a vivir la vida», por lo que estaba algo disgustada, aunque en absoluto dolida. Sin embargo, cuando se me ocurrió mencionar de pasada la gorra naranja delante de ella, mi madre comenzó a gritar, presa de la agitación:

—¡Ah, la gorra! ¡La gorra!... ¡Ah!

Grajeaba sin cesar aquella misma frase sin sentido, así que no tuve más remedio que alejarme hastiado.

Cuando se lo conté a mi esposa, su respuesta fue también un sinsentido. Aquella fue la primera vez que me sentí solo.

Pese a todo, mi esposa me dijo algo que me dejó perplejo:

—Has de cuidar a tu madre.

Me pareció que sus palabras encerraban más de lo que expresaban y decidí mantenerme vigilante.

Al día siguiente fui de nuevo a la escuela. La bedel estaba allí, escardando con la azada, inexpresiva, como si nada hubiera ocurrido. Yo permanecí alejado de ella. En toda la mañana solo se acercó un puñado de vecinos. Mi madre no apareció.

Aquella tarde, cuando regresé, mi esposa me dijo que mi madre no estaba.

—¡Si he estado vigilando la escuela todo este tiempo!

—¡Pero mira que eres torpe! —me reprendió.

Mi esposa no llegó a confesarme sus temores, aunque yo siempre he presentido que sabía lo que ocurría. Así, al tercer día, estábamos en la puerta del nido viendo la puesta de sol cuando la oí decirme:

—Existe un sinfín de formas de divertirse. Tienes la mente demasiado estrecha.

No dije nada. Tenía razón. Es verdad que me cuesta mucho abrir la mente. No era capaz de adivinar dónde había ido a parar mi madre. Vivíamos en este lugar desde hacía muchas generaciones. Pasada la tapia de la escuela estaba nuestro mundo. Si hubiéramos visto a algún descerebrado perderse volando por el este del gran centro comercial, nos habríamos quedado tiesos del susto. Aunque, claro está, a nadie se le ocurría hacer algo así, salvo a aquel pájaro loco, que se fue y no volvió. Mi madre tenía la cabeza muy lúcida. Mi esposa era buena especulando, pero nunca contaba sus conjeturas a nadie.

Algunos días más tarde, desapareció un vecino del árbol de al lado. Fueron días terribles. Pasados tres meses, solo quedábamos diez en todo el clan, incluidos nuestros dos hijos. A partir de ese momento, comencé a perder la vista. Poco a poco, todo a mi alrededor se volvió borroso. Incluso cuando miraba a mis hijos, no veía dos sino seis. Mi esposa fue la única que siguió siendo una sola. Los vecinos, entretanto, se convirtieron en una masa incontable. De resultas, seguí sintiéndome arropado por una gran familia. Mi esposa se alegraba de que así lo creyera, pues temía que me viniera abajo a causa de la soledad.

Sin embargo, un mediodía todos desaparecieron y solo quedamos mi esposa y yo. Encaramado a una rama del chopo, vi a un gran grupo de niños corretear. Entre ellos había un puñado de personas de mediana edad. Sostenían largas cañas de bambú y gritaban no se qué cosa. Incluso yo, que no soy demasiado espabilado, vi la catástrofe que se avecinaba. Mi esposa esbozó una sonrisa fría mientras picoteaba la cavidad de una rama como si quisiera asegurarse de que nada iba a escapar de su interior. De pronto, me asaltó una duda: ¿era todo cuanto veía una alucinación causada por mi pérdida de visión? Se lo pregunté a mi esposa, que me contestó serena:

—Sí, es una alucinación. Pero un niñato se ha subido al árbol y está destruyendo la casa de los vecinos. Ha traído herramientas, para no dejar nada.

El árbol entero se bamboleaba y no me atreví a mirar abajo. Dije a mi esposa:

—¿Volamos otro rato?

—No —dijo con firmeza—, volvamos a casa.

—¿A qué viene volver ahora? Es muy posible que nos destrocen el nido. Nunca podremos vencer a los humanos.

Pero mi esposa emprendió el regreso, y no pude sino seguirla de vuelta al nido.

Nos arrebujamos uno contra otro, temblando en el umbral de nuestro hogar. Oía el latir de su corazón —pum, pum, pum—. Qué extraño ser capaz de escuchar los latidos de su corazón, en el interior de su pecho, y no el mío, que llevo dentro de mí. En aquel momento, veía con total claridad. Nada estaba borroso. Acerté a distinguir la gorra naranja. Resultó que no era un niñato, sino la bedel. Se acercó y nos miró cara a cara.

Mi esposa apartó la cabeza como si los ojos de la mujer expulsaran llamaradas.

—Qué impresión —me dijo— he visto a tu madre en sus ojos.

No pasó nada. Se bajó del árbol con torpeza, despacio, y la seguimos con la mirada mientras se alejaba. ¿Por qué quería destrozar el nido de los vecinos? Era un nido que llevaba mucho tiempo abandonado. ¿Nos estaba enviando una advertencia?

Aquella noche mi esposa y yo nos sentimos muy solos. Metimos la cabeza bajo el ala del otro y percibimos la honda oquedad en el interior del cuerpo contrario. Al cabo de un día, sin embargo, sentimos que recobrábamos las fuerzas, e incluso volamos hasta el patio de la escuela para esperarla, pero la bedel no apareció.

* * *

Les hablaré de esos humanos. Cada vez eran más. Construyeron sus casas a orillas de las calles que rodean la escuela. Hace un tiempo, aquí no había más que un par de chozas en las que, al parecer, vivían los dos bedeles de la escuela. Ahora hay no menos de cincuenta casas con tejas. En ellas vivían gentes de todo tipo, cuya identidad no estaba clara. No eran demasiado habladores ni expresivos. Por la mañana salían de casa con un saco de tela a la espalda, vestidos iguales hombres y mujeres. Yo me detenía junto a los aleros, para oír el alboroto de sus casas. Les encantaba pelear. En ocasiones, podían llegar incluso a romper los cristales de las ventanas y me daban unos sustos terribles. Sin embargo, nada más salir por la puerta, se volvían taciturnos y vacilantes. A menudo me preguntaba a qué se dedicaban, si vivían sometidos a una gran presión.

Tenía la impresión de que estos humanos sentían hostilidad contra las urracas y dije a mi esposa:

—Cuánta razón tenías cuando me decías que no había que provocarlos.

La respuesta de mi esposa me sorprendió:

—Estos no son los mismos de antes. Debemos mantener el contacto con ellos.

Siempre respeté a mi esposa. Todo lo que me decía era una suerte de augurio que luego se hacía realidad. ¿Cómo debía interpretar sus palabras ahora?

Observaba a los hombres desde los tejados y escuchaba a hurtadillas sus conversaciones. Incluso, cuando depositaban las bolsas que llevaban consigo sobre las mesas de restaurantes al aire libre, me precipitaba sobre ellas y hurgaba en su interior. Sin embargo, estas pequeñas argucias mías no servían de nada. No había dado con el modo, ni sabía qué tenía que hacer para «mantener el contacto» con ellos.

Reparé en la actitud de mi esposa, ni altanera ni sumisa. A menudo se iba a picotear bichos a las acequias cercanas a las casas y, en ocasiones, hasta se detenía frente a sus puertas para ver alguna pelea de gallos.

—Hoy hay más alegría de vivir —me daba parte agitada.

Sin embargo, a mi parecer, su alegría de vivir era nula. Todo lo que les gustaba era pelearse a puerta cerrada (tal vez solo discutían; no llegaba a ver la escena del interior). ¿De qué alegría hablaba mi esposa?

—Te estás haciendo viejo. ¿No te has dado cuenta de que las lámparas de aceite consumen cada vez más?

—¿Qué lámparas de aceite?

—Pues las que emplean para alumbrarse por las noches.

¿Lámparas que consumen? ¿Era eso la alegría de vivir? Lo comprendí al instante; ¡mi esposa era de verdad extraordinaria! Probé a pensar en esas personas sombrías que, exhaustas tras un día de duro trabajo en la ciudad, comían, se acostaban y se dormían. No se puede decir que esto demostrara ninguna alegría de vivir. Sin embargo, pasado un tiempo, encendían las lámparas de aceite y hacían cosas de todo tipo (aunque yo no sé cuáles). ¡Este fue un cambio formidable!

Para constatarlo, mi esposa y yo volamos una noche con sigilo y nos posamos en los tejados. En todas las casas sin excepción oímos explosiones y balas que salían silbando por las ventanas. Escuchábamos todo aquello entre aterrados y fascinados, con ganas de salir pitando y, al mismo tiempo, incapaces de hacerlo... ¡Ah, aquella fue una velada emocionante de verdad! ¡El ruido de las botellas de alcohol estrellándose! ¡Todos aquellos gritos extraños, que no parecían humanos!

Una vez en casa, mi esposa me dijo: «Tenemos muchísima suerte». En el momento en que pronunció estas palabras, nos percatamos de una enorme presencia en el árbol. El nido comenzó a temblar con violencia. Era la primera vez que pasaba algo así. Mi esposa y yo pensamos lo mismo: aquella era la represalia por haber estado escuchando a hurtadillas lo que ocurría en el interior de las casas. En aquel instante podíamos haber emprendido el vuelo, pero, no sé por qué, no lo hicimos. Permanecimos temblorosos en el nido, esperando a que terminara cuanto antes.

Luego pasó aquello. Perdimos el conocimiento, pero no la vida. Salimos despedidos del nido a causa de los temblores y caímos al suelo. ¿Qué bestia salvaje sería esa?

—Ha sido la bedel —dijo mi esposa.

—¡No puede ser! —grité—. La bedel no deja de ser una vieja, imposible que pese tanto. Más bien parecía un elefante. Mira, al viejo chopo se le han partido tres ramas del peso.

Mi esposa no me contestó. Cavilaba en silencio, casi en mitad de un trance.

Tal vez fuera la bedel. Su gorra estaba caída bajo el árbol. Quizás pudiera transformarse en un monstruo.

Volé hasta el patio de la escuela unas cuantas veces más, aunque no la vi. Pensé que tal vez se hubiera jubilado.

Nuestro nido sufrió algunos daños, pero pudimos repararlo. Durante el día, la gente que vivía en las casas procedía con sigilo. Iba a la ciudad en silencio y, en ese mismo silencio, regresaba. Los días de descanso, las mujeres lavaban la ropa y los hombres cavaban hoyos en la parte delantera o trasera de sus casas, aunque nunca sembraban semillas. Mi esposa se fue mezclando con ellos poco a poco. Se posaba haciendo grandes aspavientos sobre las mesas o los fogones, y yo me echaba a temblar por ella.

Aquellas personas me trataban de una forma horrible. Cuando intentaba acercarme a ellas, la expresión de sus rostros me daba a entender que no merecía existir. Era descorazonador.

Comencé a acordarme de la mujer enjuta del pequeño estanque del jardín. ¿Dónde se habría ido? ¿Cómo podía haber desaparecido sin dejar rastro? Estaba claro que no era maestra en la escuela; tampoco parecía formar parte de aquel grupo de gente. ¿Viviría en la ciudad?

Las casas comenzaron a arder en mitad de la noche. Es posible que a alguien se le fuera el alboroto de las manos, que volcara una lámpara de aceite y prendiera algún objeto inflamable. Supongo que es lo más probable. La escena fue realmente espectacular. Mi esposa y yo lo vimos todo desde la rama de un chopo. El fuego tiñó de rojo la mitad del cielo, alumbrando incluso la escuela. ¿Cómo era posible que se produjera un incendio de tal magnitud? Parecía que alguien hubiera arrojado grandes cantidades de keroseno a las llamas. Sin embargo, lo verdaderamente inexplicable es que nadie salió huyendo. En las calles no se veía un alma. Mi esposa y yo percibimos un olor a carne quemada y nos echamos a temblar. Por algún motivo que desconozco, ambos sentíamos el impulso de abalanzarnos volando sobre las llamas, aunque logramos contenernos.

Pasó una hora y luego otra más, y el fuego seguía ardiendo con la misma furia. ¿Cómo era posible? Su color había cambiado: el dorado inicial se tornó rojo para, al final —tres o cuatro horas más tarde—, convertirse en una suerte de azul turquesa ligeramente plomizo. No sé de dónde salían aquellas llamas para llegar tan alto. En mi interior cobró forma una idea repentina y tal fue el pavor que sentí que a punto estuve de caerme del árbol cuando el cuerpo se me paralizó.

—Sé lo que estás pensando —mi esposa habló con voz queda a mi lado—. Yo también lo creo: este fuego debe ser de cadáveres. ¿De qué si no?

No era capaz de decir nada. La visión de aquel fuego fatuo me dio ganas de llorar. ¿Sentía empatía por esa gente? Por supuesto que no. Esas personas no necesitaban en absoluto mi conmiseración. Yo no era nadie. Despacio, me metí solo en el nido. Y así, yo dentro y ella fuera, pasamos aquella noche horrible.

El sol estaba ya muy alto cuando mi esposa y yo salimos y volamos hasta los escombros de las casas. Las llamas se habían extinguido hacía mucho, aunque todavía se alzaban hebras de humo. Entramos en aquellas viviendas de ventanas y puertas quemadas, pero las encontramos completamente vacías. No había muebles ni personas. Mi esposa lanzó un suspiro sonoro:

—¡Esta gente era tan franca!

Lo cierto es que yo también lo pensaba, aunque jamás habría sabido expresarlo tan bien como ella.

Parecía que nadie viviría allí en un tiempo, y esto me hizo sentir melancolía.

Cuando mi esposa y yo volamos hasta los retretes públicos, nos topamos con una escena familiar. Así es, allí estaba la bedel. Escarbaba los hoyos que habían cavado los hombres, en torno a las viviendas que se sucedían por toda la calle. Embebida, removía la tierra con un rastrillo. Nos acercamos disimuladamente por detrás para observarla y vimos algo insospechado: en el interior de cada hoyo había plantados unos cuantos huesos blancos, algunos más gruesos, otros más finos, como setas.

Tal fue la impresión que comencé a grajear sin orden ni concierto —cro, cro, cro, cro—, incapaz de parar. Sé que la mujer se giró y me miró, y entonces me serené. La expresión de su rostro mostraba sorpresa, pero también aprobación. Parece que mi comportamiento no fue del todo errado. Estaba muy claro que me comprendía. ¡La expresión en el rostro de mi esposa era idéntica a la de ella!

¡Ja, ja! Esta historia se ha alargado ya bastante, ¿no les parece? Lo dejo aquí. Mañana les seguiré contando.

Colección Centellas
n.º 2

Narrativa

Primera edición: abril 2022
Segunda edición: diciembre 2024

Los forasteros, 2012 © Can Xue
Confesiones de un sauce, 2013 © Can Xue
El delito, 1996 © Can Xue
Hojas rojas, 2011 © Can Xue
Movimiento vertical, 2011 © Can Xue
La cabaña del monte, 1987 © Can Xue
Los hombres sombra, 2010 © Can Xue
Conviviendo con humanos, 2016 © Can Xue

Publicado en acuerdo con People's Literature Publishing House Co., Ltd.

©2022, Belén Cuadra Mora, de la traducción

©2022, El Marqués, de la ilustración de cubierta

©2024, Aristas Martínez Ediciones
c/ Hernán Cortés, 6-B, Badajoz
www.aristasmartinez.com

Gestión de derechos:
Lu Nan y Susana Arroyo

Edición a cargo de:
Sara Herculano y Cisco Bellabestia

ISBN: 978-84-19550-21-7
Depósito legal: BA-606-2024
Impreso en Kadmos

BELÉN CUADRA MORA (Úbeda, 1982) es licenciada en Traducción e Interpretación, máster en Estudios de Asia Oriental por la Universidad de Granada y cursó estudios de lengua y cultura chinas en la Universidad de Estudios Extranjeros de Pekín. En la actualidad compagina la traducción y la docencia del chino con un doctorado en lingüística y traducción literaria. En 2021 recibió el Premio de Traducción del Chino Marcela de Juan, por *La muerte del sol,* del escritor Yan Lianke.